JN093513

大江戸妖怪の七不思議
桜咲准教授の災害伝承講義

久真瀬敏也

宝島社
文庫

宝島社

目次

大江戸妖怪の七不思議
桜咲准教授の災害伝承講義

大江戸妖怪の七不思議　桜咲准教授の災害伝承講義

第一講義
佐賀とヴェネツィア

1

「佐賀は、まさにヴェネツィアなんだ」

とても真剣に、力強く、桜咲竜司《さくらざきりゅうじ》は断言した。

東京都多摩《たま》市、聖蹟桜ヶ丘《せいせきさくらがおか》の多摩川沿いにキャンパスが広がる清修院《せいしゅういん》大学。程よく自然の広がる聖蹟桜ヶ丘の街にあって、キャンパス内は一段と濃い緑で覆われている。

そんな自然豊かなキャンパスの一角にある文学部棟で、今、異色の民俗学者・桜咲准教授による災害伝承講義が行われている。

たった二人の聴衆に向けた、特別な講義――もとい予習として。

文学部棟の三階――日本文化学科・桜咲研究室。研究室にあるべき書棚は一つも無く、ソファとテーブル、それと小さな冷蔵庫しかない応接間のような部屋の中、教官である桜咲だけが立ち上がり、ソファに並んで座る聴講生――梅沢萌花《うめざわもえか》と桜咲椎名《しいな》に向かって話を続ける。

「さながら、佐賀にとっての佐賀城はヴェネツィアにとってのサン・マルコ広場、そして、多布施《たふせ》川はカナル・グランデと言ったところか」

桜咲は、やはり自信たっぷりな様子で言い切ってきた。

モデルとしても通用しそうなほど整った顔立ちと振る舞い。その姿は、さながらドラマの主人公が決め台詞《ぜりふ》を言うときのように、冴《さ》えていた。

そんな見てくれだけでなく、桜咲は今後数年以内に――三〇代前半のうちに教授に昇格するだろうと言われるほどの能力と実績も有している。

……冗談を言ってるわけじゃないんだよね。

萌花は困惑しつつも、それだけは察することができた。

……それに、先生が冗談を言うときは、もっと意味不明で、何よりまったく面白くないんだから。この程度のつまらなさの冗談を言う人じゃない。

萌花はそう確信している。

これについては、桜咲の実姉である椎名も同じ思いだったようで、

「どうしたのよ、竜司。そんな反応に困るようなことを言って、いつもはもっと明らかにつまらない冗談しか言わないのに。……熱でもあるの？」

と、心底心配そうに聞いていた。

「失礼な。俺は冗談を言っているわけじゃない」

「じゃあ、佐賀から多額のお金をもらったとか……」

「そんなわけあるか。俺は至って真面目に、佐賀とヴェネツィアを並び称しているんだ」

確かに、今の桜咲の様子は、いつも講義で見ているのと同じ、真面目な——そして自分の専門分野を話せることへの楽しさに溢《あふ》れているような——態度だった。

萌花は、こんな桜咲を何度となく見てきたから解《わか》る。

それは、この大学での一般教養科目『妖怪防災学・入門』の講義をしているときであったり、新進気鋭の民俗学者としてテレビ出演をしているときであったり——あるいは、飛彈《ひだ》にいたとされる異形の妖怪『両面宿儺《りょうめんすくな》』の正体について一緒に考察したときであったり——

さらには、京都を舞台に、怨霊《おんりょう》と言われる菅原道真《すがわらのみちざね》を祀《まつ》る『天満宮』や、疫病退散を願う『祇園《ぎおん》祭』、神隠しならぬ『神戻し』の謎を解き明かしたときであったり——

そのときの桜咲は、鋭い洞察力と、深く広い知識によって、彼の研究テーマである『災害伝承』を語ってきたのだ。

『災害伝承』——過去の神話や妖怪伝説、文学作品などには、災害の事実や防災の教訓を後世に伝えようとする意義が込められていることがある。

そのような観点から、『古事記』『日本書紀』、『奥のほそ道』や河童《かっぱ》伝説、人柱伝説などを解釈していくことが、桜咲の研究テーマなのだ。

その研究が、昨今頻発している水害や地震などによって注目を集めることとなり、テレビ出演や書籍の出版などもこなしている人気の民俗学者となっていた。

そんな民俗学者と、ごくごく普通の大学生でしかない萌花は、先の両面宿儺の正体について考察していった中で、実に奇妙としか言いようのない縁で繋《つな》がっていた。

……そもそも、両面宿儺の正体についてガチで調べている女子大生だって、傍《はた》から見たら奇妙かもしれないけれど。

だけどそこは、民俗学が——特に妖怪の正体について語るのが——大好きなのだから仕方ないのだ。

そしてその縁は、さらに奇妙なことに、桜咲の実姉である椎名とも繋がっていた。

椎名は、事あるごとに——そして大した事がなくとも——この桜咲研究室に顔を出しては、好き放題に世間話をしたり、なぜかこの研究室の冷蔵庫に常備されているビールを飲んだりしているのだ。

ただ、今日は真面目な話をすることになっていた……そのはずなのだけど。

「そもそも、今度の仕事で佐賀と有明海《ありあけ》に行くからって、周辺の災害伝承について教えてほしいと言ってきたのは、姉さんだろ」

桜咲は、あからさまに不服そうに言い捨てていた。

研究室のテーブルの上には、その仕事に関する資料が散らばっている。椎名が調べたものだ。そこには——

『佐賀市　水路に囲まれた家
お盆をないがしろにすると祖霊が怒り、水路へ引きずり込まれて溺れてしまう。ただ、墓のある寺に駆け込めば助かると言われている。
水路には柵も無く危険であり、夏場には虫も湧くので、いっそ埋めてしまいたい、とのこと』

『筑後《ちくご》市　羽犬塚《はいぬづか》の妖怪伝説
江戸時代から明治にかけて、羽の生えた犬の妖怪が田畑を荒らしていた、と伝わる。

誰にも姿を見られることなく、田んぼにも畑にもまったく足跡を残すことなく、作物だけが奪われていた。まさに、空を飛ぶ妖怪の仕業のようだった。

その田畑の所有者は、昔は近くの寺にある塚（羽犬を弔ったと言われる羽犬塚）にお供えをしていたのだが、今は農業を辞めてお供えもしなくなった。

すると、田畑の地面がドロドロにぬかるむようになってしまった。あたかも、空を飛ばなければ行けなくなってしまったかのように。

今後宅地にしたいのだが、そのような伝承の残る土地を評価してもらいたい、とのこと』

『久留米《くるめ》市　平家の落人《おちゅうど》伝説が残る溜池《ためいけ》の埋め立て
壇ノ浦《だんのうら》で敗れた平家一門数名が、この地に逃げ延びて農業を始めた。そのときに造った溜池が今も残る。
その後、この溜池で水遊びをしようとしたり、生き物を捕まえようとすると、祟《たた》りがあって水難事故に遭うという。
昨今、溜池は水害の起点にもなりうる危険なものと言われることもあり、いっそ埋めてしまいたい、とのこと』

――等々、萌花にとって興味を惹《ひ》かれる話題ばかりが並んでいた。

一部、オカルト雑誌にありそうな見出しもあるけれど、かといって、椎名の仕事はそういう系の記者ではない。

椎名の仕事は、不動産鑑定士だ。

これは文字通り、建物や土地など不動産の価格を鑑定する職業で、不動産の利便性や需要供給バランスなどの経済上の観点だけでなく、規制の有無などの法律上の観点も勘案して審査する。

つまり、経済学と法学の複合的な能力が要求されることになる職業なのだ。

そのため、試験でも広く経済学や法学の知識を試されることとなり、司法試験、公認会計士試験と並ぶ『日本三大資格試験』とも呼ばれている。もっとも、その知名度は、他の二つに比べて圧倒的に低いのだけど。

萌花も、椎名と知り合うまでは、不動産鑑定士という職業の存在すら知らなかった。

それが今や、萌花にとって最大の夢になっている。絶対に叶《かな》えたい将来の夢だ。

というのも、この不動産鑑定士という仕事は、萌花の好きな民俗学の知識を活《い》かすことができるかもしれないのだ。

それこそ、桜咲の研究する災害伝承を、不動産の調査・鑑定に活用することができるのだから。

そしてまさに、いま椎名が桜咲から特別講義を受けているのも、その一環だった。

これらのオカルトめいた現象の数々も、桜咲にかかれば、合理的かつ現実的に解釈される。中には、そこに隠されていた災害伝承を解き明かすことになる例もなる。現に、これまで桜咲は、両面宿儺の謎や、京都に数多存在している怪異の謎も解き明かしてきたのだ。

そして椎名は、その解釈を基に災害リスクを評価して、不動産の価値を検証していくこととなる。

まさに、理論と実践。

萌花は将来、この桜咲姉弟が協力してやっていることを、一人の不動産鑑定士として実践したいのだ。そのために、萌花は椎名の事務所である『さくらさく不動産鑑定』でアルバイトをしている。一般事務の仕事だけでなく、現地調査の補佐もさせてもらっている。

今回の特別講義も、萌花のためになるからと、桜咲姉弟がどちらからともなく誘ってくれていたものだった。

萌花にとって桜咲姉弟は——特に椎名は、憧れの大人だ。

パンツスーツを格好良く着こなす姿……という外見への憧れももちろんあるけれど、それは萌花の足の長さを考慮すると実現は難しい。

そんなことより、萌花は椎名の仕事に対する姿勢や責任感について、とても格好良いと思うし、自分もそうありたいと強く思っているのだ。

……ただ、この姉弟が顔を合わせると、いつも口喧嘩《くちげんか》みたいなのが始まっちゃうんだけど。

今回も、案の定——。

「確かにこの特別講義は私から要求したものだけど、こっちは有明海周辺の土地にまつわる妖怪やら神様の話を見てもらって、災害伝承の観点から話を聞きたいのよ。それがいきなり、『佐賀はヴェネツィアなんだ』とか言われても困惑するに決まってるでしょ」

椎名は不満を声に乗せて言い捨てた。

「いや。むしろそこが重要なんだ。こっちだって唐突だとは思っている。だが、こちらの話を聞き手に印象付けて、知識を根付かせるためには、こういう唐突さも必要だ」

「つまり、いきなり答えを言うんじゃなくて、まずは印象的な言葉を使って、基礎知識を定着させようってこと？」

「そういうことだ」桜咲は、そこでふいに不敵な笑みを浮かべると、「何せ、ここには民俗学の基礎知識を持っている後輩がいるんだ。このまま知識を持たずに先輩面だけしていても、いつか実力で抜かされるだけだぞ」

そんなことを言って、ちらりと萌花のことを見やってきた。

「え？　わ、私は別に、まだそこまでのことは……」

「まだ、ね？」

椎名がじろりと睨《にら》んできた。

「う、その、悪い意味ではなくて、いい意味で……」

しどろもどろになって、自分でも何を言っているのかよく判《わか》らなくなった。

「まぁまぁ、誤魔化《ごまか》すこともないじゃない。そういうことは正直に宣言しちゃいなさいな。私、向上心のある人って好きよ――」

椎名は快活に笑いながら、

「宮沢賢治《みやざわけんじ》も作品内で言ってるでしょ。『精神的に向上心のないものは馬鹿だ』って」

「夏目漱石《なつめそうせき》ですね」

「夏目漱石だ」

期せずして、萌花と桜咲の声が重なっていた。

椎名は歴史が苦手だということは知っていたけれど、もしかしたら人名を覚えるのが苦手なのかもしれない。

桜咲は、「はぁ」と聞こえよがしに溜息を吐《つ》いて、仕切り直すように口調を変えながら特別講義の話を進めた。

「さて。佐賀を始めとした九州各地を語るには、ヴェネツィアと並び称することで理解が進む、と私は考えています。特に重要なキーワードは、『水の都』です。実際、姉さんの依頼も、水が絡んでいるものが多いですね」

「水の都、ですか」

「とはいえ、佐賀とヴェネツィアが並んで紹介されたりしたら、どうしても違和感を覚える人もいるでしょう。現に梅沢さんも、そんな表情をしていましたね」

「あ、はい」唐突に名指しされて戸惑いつつ、萌花は頷《うなず》いて、「ヴェネツィアは、自分はそこまで詳しいわけじゃないですけど、写真とか映像とか海外旅行のランキングとかを見ていると、とても綺麗《きれい》な水の都っていうイメージがあります」

「それは逆に言うと、佐賀が……」

「あ、いえ、特に悪い印象があるわけじゃないです。けど、佐賀に水の都としての印象があるかと言われると、ちょっと、そういう華やかな印象とは違う話が出てきちゃうというか……」

「違う話？　どういうことですか？」

「はい。水に関連した逸話として、佐賀は『河童』の話がたくさんありますから」

「確かにそうですね。たとえば……」

「佐賀では『ひょうすべ』って呼ばれてるみたいですけど、たとえば武雄《たけお》市には『河童伝説発祥の地』があったり、佐賀城跡の堀沿いにある佐賀神社には、ずばり河童の石像をご神体とする『松原河童社《まつばらかわそうしゃ》』という神社がありますね。これは佐賀城跡の隣を流れる松原川の河童伝説にも関わっているようで、非常に興味があります。それに何より、伊万里《いまり》市の酒蔵に保管されている『河童のミイラ』を忘れてはいけないと思います！　このように『河童』が広範囲に広まっていて、しかもただの妖怪ではなく神様として崇拝されてきたということは、言い換えれば、河童が引き起こすとされていた水害・水難を何としても抑え込もうとしていた人々の願いが表されているのではないかと思います。そういう意味では、佐賀は水の街だと言うことができるかもしれません」

「……ええ、そうですね」

　ふと気付くと、正面に立っていたはずの桜咲がいつの間にか座っていて、逆に、萌花は立ち上がっていた。

「さすが梅沢先生！　妖怪博士！　妖怪の話になると急に早口になるわね」

　椎名は楽しそうに萌花を見上げながら、拍手までしていた。

　萌花は思わず「うぅ……」と呻《うめ》きながら身体《からだ》を縮こまらせてソファに座り込んだ。

「あら梅沢先生、もういいの？　もっと妖怪について話してほしいんだけど」

　椎名が残念そうに聞いてきた。

「い、今は、桜咲先生の話を聞きたいですから……」

　萌花は、そう絞り出すだけで限界だった。ふと冷静になって思い返してみると、桜咲の発言を遮るようにして話してしまっていた。

　そんな萌花を気遣ってくれたのか、桜咲は微笑《ほほえ》みながら立ち上がって、

「梅沢さんのおかげで、次の話をしやすくなりました。ちょうど話に出てきた松原川こそ、まさに佐賀とヴェネツィアとを繋げている、ということができるんです」

「どういうことですか？」

　萌花が聞くと、桜咲は楽しそうに頷いて、

「佐賀の松原川は、先ほど私が言っていた多布施川から分岐している、人工の河川で

す。多布施川自体は、元は自然河川だったのですが、人工河川と言ってもいいほどの改修が行われています。というか、佐賀市内は、ちょっと歩けば水路を渡ることになる、というほどに水路が張り巡らされている街なんです」

そう言いながら、テーブルの上にタブレットを置いて、ネット地図を見せてきた。

そこには、佐賀市内の水路がはっきりと映し出されていた。

「うわぁ……」と、椎名が顔を顰《しか》めながら声を漏らしていた。「何だか、お肌のヒビ割れを見せられている気分だわ」

「……そう言われると、確かに」

萌花も思わず同意していた。前に講義で、山形県を流れる最上川《もがみ》の支流を含めた流路を見たときに、その枝分かれの様子から、まるで脳神経の画像を見せられたような気分になったことがあったのだけど、今回は、そういう枝分かれとは違う。

区画が綺麗に分かれている——直線と直角ばかりなのだ。自然ではありえない。

「人工的な水路……しかも、こんなに」

萌花は、思わずタブレットを操作して、地図の範囲を動かしていた。

この人工水路によるヒビ割れは、佐賀市内だけではなかったのだ。佐賀市の西側の沿岸部にも、筑後川を挟んで東側に広がっている土地にも、同様の水路が見られた。

まるで、巨大な切り取り線を見せられているようにも思えてしまう。

「梅沢さん、そこでストップ――」

桜咲に言われて、萌花はタブレットを操作していた手を止めた。筑後川の河口付近の地図が映っている。

「そこには、何という街がありますか？」

聞かれて、萌花は改めて地図を見た。椎名も一緒に覗《のぞ》き込んできた。

そこにあった文字は、『柳川市《やながわ》』――

思わず、萌花と椎名は顔を見合わせて、同時に声を上げていた。

「『日本のヴェネツィア』って呼ばれている……」

「『日本のベニス』で有名な所ね」

「え？」

「うっ……」

微妙に別のことを言っていたような気がして、萌花は困惑しながら椎名を見た。彼女が何と言ったのか確認したかったのだけど、椎名は黙って顔を顰めてうずくまっていた。

すると、桜咲はなぜか楽しそうに笑いながら、

「この福岡県柳川市は、『日本のヴェネツィア』や『東洋のヴェネツィア』として有名な場所ですね。ちなみに昔は、海外の地名や施設名はほとんど英語発音で言ってい

ましたが、今は現地の言語で、現地の人たちが呼んでいるようにする、ということになっています。なので、昔の人は『ベニス』の方が馴染《なじ》み深かったりするんですよ。

『ベニスの商人』や『ベニスに死す』などの名作で慣れ親しんだ方も多いですし」

「なるほど。そういえば、オーストラリアの中央にある巨大な石も、昔は『エアーズロック』と呼んでいたのが、今は『ウルル』と呼ぶようになっていますね」

「ええ、そうですね」

桜咲は、やはり笑いを含んだ声で言ってきた。

「あ、あの、何か変なことを言っちゃいました？　もしかして、ウルルじゃなくてサラでしたっけ？」

「それはエアコンです」桜咲は冷静に返してきて、「いや、まさか梅沢さんまで、『昔の呼び方』なんてことを言ってくるとは思わなかったので。おかげで、姉さんがダメージを受けてます」

「え？　……あ」

萌花は弾《はじ》かれたように椎名を見た。

椎名は、まるで仮面を貼り付けたような綺麗なアルカイックスマイルを見せてきて、

「そんなに昔の話じゃないわよね？」

「あ、はい」

萌花は素直に頷くことしかできなかった。

「話を戻しますが」と、桜咲は何事もなかったように進める。姉弟だけあって、こういうことには慣れているのだろう。「ここで、佐賀とヴェネツィアの繋がりが少しずつ見えてきたのではないかと思います」

「はい。柳川市も佐賀市も、似たような水路が広がっている街だったんですね。そして、その水路が、イタリアのヴェネツィアに似ていると」

「そうですね。もちろん見た目だけが似ているわけではありません。これらの街の造られ方も似ている、そしてだからこそ、街の構造も似ているわけです――」

ここで桜咲は、タブレットを操作してヴェネツィアの地図を表示した。

「まず、ヴェネツィアの街の成り立ちを見てみましょう。ヴェネツィアは、イタリア半島の東側の付け根辺り、アドリア海の沿岸の浅瀬に造られた人工の都市です。元々、大陸側の河川から多くの土砂が流れ込むことで、この沿岸には干潟や砂地などのわずかな陸地が島となって点在していて、その隙間を潮流が通り抜けることで水の循環が行われていたようです。そのメインとなる水路こそ、カナル・グランデ――偉大なる運河。そしてそれは逆に言えば、この水流を完全に塞いでしまったら、ヴェネツィアより内側の海は流れが滞って、汚くなってしまうということ」

確かに、ヴェネツィアの位置を全体的に見てみると、ヴェネツィアの島々は、アドリア海の奥まった所にある入り江に蓋をするような形で並んでいた。

日本で言うと、静岡の浜名《はまな》湖や北海道のサロマ湖に似ている。ただ、ヴェネツィアの方は、湖になるほど蓋がされているわけではないので、内海・外海という区別になるらしい。

「つまりヴェネツィアは、街を造る際に、海水が循環するための水路を造っておかないといけなかったんですね」

「そうです。そして造っただけでなく、維持もしないといけないわけです。ということは、各自で勝手に開発をしていってはいけないということ。そのため、ヴェネツィアが一つの街として確立していったタイミングに合わせて、率先して造られたものがあります。それは、ヴェネツィアのシンボルとも関係しているんですが、解りますか？」

ヴェネツィアのシンボルと言われて、パッと思い付く像があった。そして、その像と関係していることと言えば……。

「聖堂……教会ですね」

桜咲は大きく首肯して、

「特に、その中心となっているのが、『サン・マルコ聖堂』――聖マルコの聖遺物を祀っている教会ですね。その前に広がっているのが、サン・マルコ広場。そこには、聖マルコの象徴である『有翼の獅子《しし》』の像が置かれていて、フォトスポットとしても有名です」

「教会を、街の中心に据えた……」

「さらに、地図でざっと数えただけでも、教会の数は二〇を超えます」

「そんなにあるんですか……」

「そして、これほどの数の教会を建てたら、ヴェネツィアの街はどうなるか。教会は、当然ながら清潔に保たれなければいけません。落書きや破壊をしようものなら、どれほど恐ろしいことが起こってしまうか。ましてや、教会の脇を流れる水路を破壊してしまったりしたら……」

「当時の人は特に、教会を汚したり破壊したりはしない。だから、教会が存在していることで、ヴェネツィアの水路が必然的に維持されるようになっていたんですね」

「いわば、神の力によってヴェネツィアの街は護《まも》られてきた、とも言えるわけです」

「それは決してオカルトではなく、れっきとした科学的な話として……」

萌花は思わず、声を弾ませて答えていた。

こういった、一見すると非科学的でオカルトにも見えるような話に、実は科学的で合理的な理由があった、という話が大好きなのだ。

幼い頃は、怖い話や妖怪に怯《おび》えて泣いたりしていた萌花。そんな彼女に、従兄《いとこ》が

『妖怪の正体』を教えてくれた。

一つ目小僧や、天井に浮かぶ人の顔の正体も教えてもらったし、市松人形の髪が伸びる理由も科学的に説明してもらった。

そんな幼少期を過ごしていたから、必然、妖怪の正体を暴くことが楽しくなっていた。その気持ちは、今も変わらない。

すると桜咲は、律義に細かい補足説明をしてきた。

「もっとも、ヴェネツィアに教会が多い理由については、ヴェネツィアの土地の権利を得た貴族たちが、こぞって教会を誘致したことが大きく影響しています。要は、教会に媚《こび》を売ることで、その権力を利用して自分の土地や権利を保護してもらおうとした、と」

「……かなり打算的だったんですね」

「そうですね。とはいえ、キリスト教圏において教会はまさに聖域であり、権威の象徴でもあります。もし、教会がぬかるみに浸かってしまったとか倒壊してしまったとなれば、キリスト教としても権威の失墜をもたらし、またヴェネツィア市民としても屈辱的なことになります」

「となれば、教会のある土地は、絶対に安全にしないといけないですね」

「ええ。ヴェネツィア全体で『教会を守る』『安全な場所にする』という意志が固まっていたはずです。そして、その意志に基づいて、この土地が清潔に保たれると共に、信仰心によって多くの人が訪れるようにもなった、という事実は否定できません」

　萌花は無言のまま大きく頷いた。

　すると、桜咲は口調を少し軽いものに変えて、

「ちなみに、この『ヴェネツィア』という地名の由来については諸説あるのですが、面白いものですと、たとえば、この島々には次々と侵略者が来るので、『どんどん人が来る』──『ウェニ・エティアム』と愚痴を漏らしたのが語源になった、という説があります」

「ええ？　愚痴が地名の由来になったんですか？」

「面白いですよね。というか、日本にも同様の例はありますよ」

「えっ？　そうなんですか？」

「諸説ある中の一つですけどね」桜咲は律義に注釈を入れながら、「かつて、北海道の広大な平野に暮らしていたコロボックルが、侵略者によって安住の地を奪われてしまった。そのとき、侵略者に向かって吐いた呪いの言葉が──『草よ枯れろ、魚よ腐れ』という意味の『トカップチ』だった……」

「それって、『十勝《とかち》』ですか？」

「はい。十勝の語源として有名な逸話ですよ。蝦夷《えぞ》地方の小人・コロボックル伝説に

も絡んでいますし」

「それは知らなかったです。妖怪好きとして不勉強でした……」

萌花は、ちょっと悔しさも感じながら自戒した。

「ただ、ヴェネツィアについては、その説もあながち間違いではないかもしれません」

「え？……あっ。確かに――」

萌花は思わず頬を緩めながら、

「どんどん人が来る……そのお陰で、ヴェネツィアの土地が踏み固められて強固になる。それは愚痴なんかじゃなくて、開拓者たちの願いだったのかもしれませんね」

そう考えると、萌花はふと胸の奥が温かくなるように感じた。

ヴェネツィアという街の名前が、未来に伝える願いのメッセージだったとしたら、それはとても素敵なことだと思うから。

すると椎名も、神妙な顔つきで言ってきた。

「まぁ、でも、愚痴りたい気持ちはあったと思うわよ。だって侵略されてるんでしょ」

身も蓋もない。

……確かにそうだろうとは思うけど。……思うけども！

萌花は苦笑して、ふと目が合った桜咲とシンクロするみたいに肩をすくめた。

2

桜咲は、気分を切り替えるように咳払《せきばら》いをしてから、改めて特別講義を続けた。

「では改めて、今度は佐賀や柳川など、有明海周辺を見ていきましょう」

萌花は頷きながら、

「そういえば、有明海周辺の土地については、前に先生の講義でも説明されていましたね」

「おお。覚えてくれているんですか！　嬉《うれ》しいですねぇ」

無邪気な感じで喜ぶ桜咲の様子に、萌花もつられて頬が緩んだ。

「あのときは、河童の話題もあって、しかも私の地元の東久留米《ひがしくるめ》も出てきましたし。そこで東京の東久留米と福岡の久留米とを比較して、『クルメ』という名の地名の意味を教えてもらいました。水によって『刳《く》り』取られ削られた地だと。……あ、諸説ありますけど」

「そうですね。諸説ある中の一つです――」

桜咲は満足そうに頷きながら、

「ただ、地質学の研究も含めて考えると、この地図にある有明海沿岸の土地は、かつて海の底にあった、ということは確実視されています。そこに、この筑後川や、少し南を流れている矢部川《やべ》などが、九州山地の土や砂を削り取って押し流してきたことによって、地面が造られていったわけです」

「その名残《なごり》として、有明海の干潟があるということですか」

「そうですね。それこそ縄文時代には、有明海周辺の土地は、山地以外がすべて海の底か干潟だったとも言われています」

ここで萌花は、もう一つ、以前の講義内容について思い出したことがあった。

「以前の講義で、この辺りの標高を色分けした地図を見せてもらいましたけど、そのとき、有明海沿岸は濃い青色ばっかりだったのを覚えています。標高が低くなるほど濃い青色になる、と」

「はい、国土地理院が公開している『デジタル標高地形図』ですね。あの地図で示された、最も濃い青色の部分が、いわゆる『海抜ゼロメートル地帯』――満潮時の海面の平均値よりも低い位置にある土地です」

桜咲はタブレットを操作して、有明海沿岸のデジタル標高地形図を表示した。それは、萌花の記憶にもある通り――むしろ思っていたより広範囲が――青色に塗られていた。佐賀市や柳川市は、ほぼ全域が真っ青になっている。

「有明海の沿岸部で、濃い青色になっている部分に注目してみてください。拡大しても良いですよ」

　桜咲に促されて、萌花は濃い青色の部分を拡大して、目を凝らして見た。

「ヒビ割れがあります。……これは、水路が張り巡らされている場所ですか」

「そうです」桜咲は満足げに頷いて、「そもそも、有明海は干満の差が激しい海ですので、満潮時には一気に海岸線が陸地の奥まで迫ってくる、という特殊性があります。もちろん今は防潮堤などで浸水を抑えているわけですが、それが不十分だった頃は、大きな浸水被害もたびたび起こっていました。そんなとき、この街中に張り巡らされた水路が大活躍するわけです」

「この水路が、活躍するんですか？　満潮になったら、水路からも水が溢れ出しちゃって、却《かえ》って危険なことになりそうですけど……」

「いや、そうなるレベルで浸水していたら、水路も陸地も関係なく危険になっていますよ」

「あ、確かに」

「そもそも、この有明海沿岸はかつて海の底か干潟だった、という話はしましたよね。ということは、この辺りの土地は、たとえ地面が地上に出ていたとしても、泥のような地面で非常にぬかるんでいた、ということになります。このような土地では、家を建てることもできず、定住なんてできません」

「つまり、地面を固めないといけないんですね」

災害伝承講義の中では何度も出てくる、重要なキーワードだ。

「そういうことです。もっとも、固めると言っても、たとえば大きな岩を埋めたとしても泥の中に沈んでいってしまいますし、みんなで踏み固めようとしても、泥は踏んづけたところで固まりません――」

萌花は頷いて、話の先を促した。

「ということは、泥を泥でなくする必要があるわけです。泥は、水分を多く含んでいるせいでグチャグチャになって固まらないのですから……」

そこまで説明されて、萌花も気付いた。

「土地から水を抜けばいい？」

「そうです。この辺りの水路は、土地の水分を抜くための排水路になっているんです」

桜咲は満足げに頷いて、

「この地域の、網の目のように張り巡らされた水路は、かつて干潟だった泥地から水を抜き、定住できるような強固な地面を造るために必要だったのです。こうすることで、仮に雨や高潮で水没してしまったとしてもすぐに排水して、元の干潟に戻ることなく、陸地を陸地たらしめることができているわけです」

その説明を受けて、萌花は改めて、有明海沿岸の地図を見た。沿岸部から広がっている、網目状の水路。これが存在しなければ、この辺り一帯は干潟のまま――人の住めない泥地が広がっていたという。パッと見ただけでも、佐賀市や柳川市は全域が泥地だった、ということになる。

「さて、ここまでの話で、姉さんの依頼にある話が一つ、解決できそうです。佐賀市の、水路に囲まれた家について――」

桜咲は、まるで小説に出てくる探偵役のように語る。

「佐賀市は古来、ぬかるんだ地面から水を排出するために、水路が張り巡らされていた。その水路は塞いではならず、どうしても危険を伴います。それこそ、浸水被害が広まってしまったら、どこが道路でどこが水路かも判らなくなる」

すると椎名が、学生よろしく挙手をして質問していた。

「桜咲先生。そのことと、お盆のお墓参りと、どう関係してくるんですか？」

「それはこれからのお楽しみです――」

桜咲は本当に楽しそうに説明を続ける。

「ここで参考になるのが、ヴェネツィアにおいて教会が担っている役割についてです。キリスト教圏にとっての教会は、日本においては神社仏閣ということになるでしょう。そして、この神社仏閣も、清めの空間であると共に権威を有する場所でもあった。要するに、『この地域でもっとも安全と安心が確保される場所』と言い換えることができるわけです」

「つまり、緊急時の避難場所になるんですね」

「さすがは梅沢さん。教え甲斐《がい》がありますね――」桜咲は微笑みながら、「実際に日本でも、災害時に神社仏閣が効果的な避難場所になった、という話は枚挙に暇《いとま》がありません」

そう言われて、萌花の頭にも次々と浮かんでくる。

津波が手前まで迫ってきていたが手前で波が分かれて無事だったという伝承の残る、宮城の『浪分《なみわけ》神社』――。

幕末に起きた安政南海地震のとき、津波に対する住民の避難場所となった和歌山の『廣八幡《ひろはちまん》神社』――このときの話は『稲むらの火』という物語としても知られている。当時の庄屋《しょうや》・濱口梧陵《はまぐちごりょう》が、夕闇の中での避難を迅速に進めるために、稲や藁《わら》の束に火をつけることで神社への道しるべとした、という。

そして、最近見たテレビ番組でも、タレントが浅草を散歩する中で、災害に関する逸話が語られていたことを思い出した。

「そういえば、関東大震災が起きたとき、浅草の街はほぼ全域が火災で焼失したそうですけど、浅草《せんそう》寺の本堂はほぼ無傷で、燃えることなく残っていた、っていう話を聞いたことがあります」

「まさに、これから話そうとした逸話ですよ」桜咲は嬉しそうに声を弾ませて、「関東大震災のとき、浅草寺のある浅草区は、実に九五％もの町並みが焼失したと言われています。その中で、浅草寺の本堂やその周辺の建造物は、無事だった。それは、浅草寺の敷地が、延焼しにくいように広々と使われていたということもあるのですが、それに併せて、イチョウの木が植えられていたことも大きく影響したようです」

するとと椎名が不思議そうに聞いた。

「イチョウの木があったから？　木があると、逆に延焼を広げちゃいそうだけど」

桜咲は、教え子に教えるように説明を続ける。

「実はイチョウの木は、非常に燃えにくく、しかも、炎の熱を遮断する効果もあるのです。それにより、イチョウの木より風下にいると、炎に襲われることなく、しかも熱くなりすぎないようになるのです」

「そんな効果があるんだ……。あ、じゃあ、学校にイチョウが多いのも、それが理由？」

「そうですね。震災での火災を防ぐための木であることから、特に東京では、至る所に街路樹として植えられています。そのこともあってか、昭和に決定された『東京都の木』は、投票の結果に基づいてイチョウが選ばれました」

「言われてみれば、イチョウだわ――」椎名は感心したように頷いて、「てっきり小学校とか通学路で銀杏《ぎんなん》を採って、教室のストーブの上で焼いて食べるためかと思ってたわ」

「そんなわけあるか」

と、口調が戻りながら呆《あき》れる桜咲。

「教室の、ストーブの上？　椎名さんたちの頃は、教室にストーブがあったんですか？」

萌花は思わず聞いていた。どういう光景なのか、まったく想像できなかったのだ。

「あ……」椎名は小さく呟《つぶや》くと、こちらに背を向けて黙りこくってしまった。

「さて、佐賀に話を戻しましょう――」

桜咲は、何事もなかったように話を進めた。

萌花もそれに従うように、頷いた。今は椎名をそっとしておこう。

「佐賀においても、神社仏閣が避難所になる――もっとも安心で安全な場所であることは変わりありません。なので、『寺に逃げ込めば助かる』旨の伝承は、まさに避難場所を示していることになります」

「それじゃあ、『お盆を疎《おろそ》かにしてはいけない』という話は……」

「一般に、お盆のときは、どのようなことをしますか？」

桜咲は答えを言わずに、萌花に考えさせるようなことを言ってきた。こういうところは、根っからの教師気質なのだろうと感じる。

「正直言うと、よく知らないんですけど――」と言い訳をしつつ、「お盆が始まると、墓から家に先祖の霊を迎えて、そしてお盆が終わると、先祖の霊を墓に帰す、という感じだったかと」

「そうですね。まさにそこが重要です。墓――というか寺までを往復して、先祖の霊を送り迎えするわけです。それを、ここまでの解釈と組み合わせると……」

「あっ。家と避難所の往復……これって避難訓練になっているっていうことですか？」

「なっていますね――」

桜咲は楽しそうに、

「特に、水路の多い街で浸水が起きてしまったら……」

「道路と水路の区別がつきにくくなります！　だから、普段から避難場所までの道を確認しておいて、安全に避難できるようにする必要がある。……つまり、佐賀の水路に囲まれた家に関する伝承は、水害時の避難を安全に行うための災害伝承なんですね」

萌花は興奮気味に語っていた。

対する桜咲は、少し圧倒された感じになりながらも、

「そう解釈するのが、もっとも合理的だと思います」

と肯定した。

3

桜咲による特別講義は、まだまだ続く。

謎は、まだ二つ残っているのだ。

「さて、今度は九州の地名に注目してみましょう。九州には、興味深い地名がたくさんありますからね――」

桜咲は、本領発揮とばかりに声のトーンを上げて語り始めた。

地名というのは、重要な災害伝承になっていることが多いのだ。その活き活きとした様子に、萌花は思わず苦笑する。

「特に、先ほども話した、この辺りの土地の特徴――かつて泥地や沼地であったということ――は、地名にも如実に表れています。解りやすい所からいきますと、福岡県久留米市の『三潴《みづま》』という町があります――」

説明をしながら、桜咲は地図で三潴町を表示した。

「三潴町は、現在の地図ではかなり内陸部にあります。ただ、その地名の由来は、『三つの沼』と書いて『みつぬま』と呼ばれていたのが訛《なま》ったものだと言われています。現在使われている『潴《ちょ》』の字も、これはずばり『みずたまり』を意味しています」

「なるほど」萌花は最低限の相槌《あいづち》だけを打って、話の邪魔にならないよう先を促す。

「この三潴町の中には、さらに興味深い地名があります。それが、『西牟田《にしむた》』です。この地名は隣接する筑後市にも跨《また》っているのですが、ここで『ムタ』という言葉は、『ヌタ』と同語源の言葉であり、『沼田』が変化したものと言われていて、『泥』や『ねちょねちょしたもの』という意味を含んでいます。たとえば、韓国料理の食材で有名な『ヌタウナギ』は、衝撃を受けると特殊な分泌液を放出して、周囲の水をドロドロの粘着質なものに変えてしまいます。……泥だけに」

「そういえば『ぬた和《あ》え』というのもありますね。あれは確か酢味噌《すみそ》で和えているので、見た目も泥に近いですね」

萌花は、敢《あ》えてギャグを無視して話を進めた。

「そうですね……」桜咲は、心なしか少し寂しそうにしながら説明を続けた。「そもそも、有明海沿岸部には、この『牟田』の付く地名がたくさんあります。同じ三潴町の中には他に『奥牟田《おくむた》』が、隣接する筑後市には『中牟田《なかむた》』というものもあります。三潴駅を通る天神大牟田《てんじんおおむた》線に乗って南下すれば『八丁牟田《はっちょうむた》』駅があり、その近所の地名として上牟田《かみむた》口と下牟田《しもむた》口があります。もちろんこの電車の終点は、沿線の名前にあるように『大牟田《おおむた》』駅です」

「あの、西牟田があるということは？」

「もちろん東牟田《ひがしむた》もありますよ。これは福岡にもあるのですが、敢えて別の地域から、熊本県のムタ地名を見てみましょう。山と平地の境目に跨がる益城町《ましきまち》には、東京の田《た》無《なし》をひっくり返して『無田《ムタ》』と書く東無田地域があります。田んぼが無いと言いつつ、ここもぬかるんだ土地だったのは間違いないでしょう。とはいえ、この辺りは――というか熊本全域は湧き水も多いので、ここがかつて干潟だったせいなのか、それとも湧き水のせいなのかは確定できません」

「なるほど」

「他には、もっと南下した八代《やつしろ》市にも東牟田があります。ここは、有明海ではなく八代海周辺の地域なのですが、例によって、網目状の水路が山の際まで広がっています」

「つまり八代海の沿岸でも、泥のような『ムタ』の土地から排水をしないといけなかったんですね」

「そういうことです。こうして、地名からも――もちろん現実の地形を考慮しながら――九州の平野のほとんどが、かつて干潟や沼地だったということが解るわけです」

「……はぁ」

萌花は思わず間の抜けた返事をしていた。

すると桜咲は、畳みかけるように続けて、

「ここでもう一つ、この辺りがかつて海や干潟だったことを伝える重要な地名が存在しています。それは――」

桜咲はテーブルに広げられている資料の一つを指さした――『筑後市・羽犬塚』についての資料だ。

「この羽犬塚も、有明海沿岸の昔の地形を物語っています」

「羽犬塚が？」と不思議そうに聞いたのは椎名。どうやら立ち直ったようだ。「でも、この羽犬塚って、『羽犬』っていう妖怪が出たっていう話でしょ。前に、京都の事案のときも話に出てきた偉い将軍が、九州に攻めてきたことがあって、そのときにその妖怪を退治したとか、ペットにしたとか……」

相変わらず、椎名の歴史知識は曖昧だった。

それに逸話の内容についても、まったく正反対のことを言っていた。退治したとしたら敵になるし、ペットにしていたなら味方になるはずなのに。

「将軍って、もしかして……」萌花は自信を持てないまま確認する。「豊臣秀吉《とよとみひでよし》のことですか？」

「そうそう。そんな感じの名前の人」

……秀吉は将軍じゃないんですけど。

豊臣秀吉は、武将のトップである征夷《せいい》大将軍ではなく、貴族のトップである関白になった。そのため、秀吉は幕府を開いていないのだ。そもそも幕府とは、将軍が陣を置く——幕を張って陣を立てる——という意味を持つため、その権限があるのは征夷大将軍なのだ。

萌花は以前、椎名に対してこのような説明はしたことがあるのだけど、ここで説明し直してもまた忘れるだろうと思って、今回はスルーすることにした。

すると桜咲も、椎名の間違いをスルーするように、

「羽犬伝説については、この資料にもありますね」

そう萌花に向かって言いながら、資料を見せてきた。筑後市のホームページに記載されている伝説をまとめた物らしい。

『羽犬の伝説について、約四〇〇年前から語り継がれている話を二つ紹介します。

ひとつは、昔この地に羽の生えた獰猛《どうもう》な犬がいたというもの。

羽犬は、旅人を襲ったり家畜を食い殺したりして住民から恐れられていた。

天正一五年（一五八七年）四月、天下統一をめざす豊臣秀吉は、薩摩《さつま》の島津《しまづ》氏討伐のため九州に遠征したが、この時、羽犬によって行く手を阻まれた。

大軍を繰り出し、やっとの思いでそれを退治した秀吉は、羽犬の賢さと強さに感心し、この犬のために塚をつくり丁寧に葬ったという。

もうひとつは、九州遠征の際、羽が生えたように跳び回る犬を秀吉が連れてきたと

いうもの。

その犬は、この地で病気にかかり死んでしまった。大変かわいがっていた秀吉は悲しみに暮れ、それを見かねた家来たちは、その犬のために塚をつくり葬ったという。

そのとき建てられた塚を基にして、『羽犬塚』という地名となった。

この羽犬の塚は、筑後市内の寺の境内に現存している』

どうやら本当に、正反対の内容である二種類の伝説があったらしい。ただ、正反対である以上、この二つの伝説がどちらも正しかったということにはなりえないはずなのだけど。


この二種類の矛盾する伝説は、いったい何を意味しているんだろう……？

萌花は期待を込めて桜咲を見やった。すると桜咲は、

「もっとも、この伝説は、羽犬塚という名前と漢字が先にあったところ、その名前と漢字を基にして、後に創作されたものだと考えられています」

「えっ？　そうなんですか……？」

期待を削《そ》がれた格好になった萌花は、自分でも驚くくらいに落ち込んだ声を出していた。

「そもそも、秀吉による九州征伐以前から、この地が『ハイヌヅカ』や『ハインヅ

カ』と呼ばれていたとする史料があるんですよ」

「ああ、なるほど……」

「また、かつては漢字も定まっておらず、灰色の塚と書いて『灰塚《はいづか》』という漢字が使われていたこともありました。そのことからも、羽の生えた犬という漢字については後付けの可能性が高いということです」

「ということは、『ハイヌヅカ』という音が重要なんですね」

「ええ。そして、ここで注目すべきは、周囲の地名です。というのも、この羽犬塚の近くには、シンプルな『犬塚《いぬづか》』という地名もあるのです」

その話を聞いて、萌花は地図で犬塚を検索してみた。すると、確かに羽犬塚の近く――北西六kmほどの距離――に、西鉄犬塚駅があった。そこは、先ほども出てきた三潴町にある駅だった。

「三潴にあるということは、この犬塚と呼ばれていた場所は沼地だった、っていうことになりますよね」

「そうなんです。沼地であることが重要なんです――」

桜咲は大きく頷いて、

「というのも、この『イヌヅカ』という地名は、『イネヅカ』が転じたものだと解されるからです」

「イネヅカ……沼地……」口に出してみることで、その二つの言葉が繋がった。「つまり、田んぼが広がっていた。そしてここに稲の塚が作られていたということですか」

「私は、そう考えています」

——諸説ありますけどね。

と、いつものように桜咲は言った。

だけどその表情は、自信にあふれている。

「そう考えると、『ハイヌヅカ』もまた、地名と地形が一致することになります。と言うのも、これを『端っこの稲塚』と書いて『端稲塚《はいねづか》』という意味だととらえることで、この地は稲作ができる土地としての限界地域だった——言い換えれば『ここから先は海だった』ということを示している、と解されるわけです」

「ここから先は、海だった……」

萌花は呟きながら、すかさずタブレットの地図を操作して、羽犬塚の周辺の地名を調べていった。

羽犬塚の北側には、前にも見た西牟田や三潴、犬塚に加えて、田川《たがわ》という地名もあった。つまりこの辺りは、泥地や沼地、田んぼが広がっていた陸地だったということになる。

東側も、吉田《よしだ》や太田《おおた》といった地名が多く見て取れた。

何より、北側や東側には、いくつも古墳があるようだった。ということは、遅くとも古墳時代が終わる七世紀ごろには、この辺りに定住できるほど強固な陸地があったということにもなる。

一方、南側や西側――有明海に近い側を見ていくと、長浜《ながはま》や長崎といったような海岸線の地形を示す地名や、島田《しまだ》、尾島《おじま》、古島《ふるしま》、北島《きたじま》など島の付く地名に囲まれていた。

そして何より、この辺りの地図を見ていて気付いたことがあった。

「水路が、羽犬塚の西側には網目状に広がっているのに、東側にはほとんどないです」

「そこに気付きましたか――」

桜咲は楽しそうに頷きながら、

「ということは、この辺りの地形はどのようなものだったと考えられますか？」

「ええと、羽犬塚より西の土地は、水路による排水が必要な泥地や沼地が広がっていたけれど、東の土地はそこまで排水をする必要がなかった、つまり普通の陸地が広がっていたと考えられます」

「いいですね。それを言い換えると、まさに答えに辿《たど》り着きますね？」

「羽犬塚は、普通の土地の末端にあった、そしてそこから先は海だった、ということ」

萌花は、自分で話しながら背筋がぞわぞわした。

地名の由来を考察していく中で、ここまで事実が繋がっていくなんて思わなかった。

というか、九州には、これほどまでに昔の地形を表す地名が今もそのまま残っているのかと。

はるか昔の人たちが、この土地を表す言葉を残しておいてくれた。そしてその言葉は、数百年……いっそ千数百年も受け継がれているのだ。

……もっとも、桜咲先生みたいな人に解読してもらわないと、ちゃんと通じなくなっちゃってるんだけど。

それは、とても哀しく寂しいことだと思う。

桜咲による羽犬塚の解釈が語られたところで、椎名が質問を始めた。

「羽犬塚の地名が地形を表しているなら、この依頼にある『江戸時代に、羽犬が田んぼを荒らしていた』っていう話は、この漢字が当て嵌《は》められた後にできた作り話ってことになるのかしら」

「まぁ、地形とは関係ない話かもしれないが、この地方で何らかの不可解な事件が起こったときに、『これは羽犬の仕業だ』なんて言われたことはあったかもしれないな。妖怪というのは、得てしていろいろな責任を押し付けられるものだ」

桜咲は皮肉を込めて言い捨てた。

「なるほどね……。『足跡が無いのに田畑が荒らされる』って、何だかミステリ小説みたいで面白そうだったんだけど」

「その程度のことなら、普通の鳥やコウモリなんかの羽の生えた動物でも説明は付く」

「確かにね。まぁ、変わったことがあったら現地でまた調べてみればいいか」

椎名が締めくくるように呟いた。

4

最後に残ったのは、『平家の落人伝説が伝わる溜池』について。

実は萌花は、この資料を見てからずっと気になっていたことがあった。

「先生。この話に出てくる『平家の落人』って、『河童』のことですよね?」

萌花の言葉に、椎名は怪訝《けげん》そうにしていたが、桜咲は「なるほど――」と呟いて、

「それは、九州を含む西日本の河童伝承によく見られる話ですね。河童の起源や、河童の正体というような分類をされることもあります――」

と早口で語りだした。

「一一八五年、壇ノ浦の戦いで敗れた平家の一族が――ここには武士だけでなく家族や関係者すべてを含んでいるんですが――各地の山奥などに逃げ延びて密《ひそ》かに暮らしていた、という逸話が基礎になっています。平家は東から西へ追い込まれていったので、九州を含む西日本に多く伝わっていますね」

「そして、九州で河童のことを調べていると、必ず平家の落人が出てくるんです。滅亡させられた恨みを持った平家の落人が河童になって、人々を川に引っ張り込む、なんて」

それこそ、今回の椎名への依頼にあるような逸話は、九州各地の川や沼に伝わっている。

すると桜咲は、「ふむ」と含みを持ったように呟いて、

「それは、ちょっと話が逆になってしまっていますね」

「逆、ですか？」

桜咲は頷いて、

「そもそも妖怪の伝承というものは、まず何か不可解な出来事が起こって、その理由を上手く説明できないから、『妖怪のしわざ』という話が出来上がってくるのが一般的です。ここで言えば、最初にあるのは『水難事故が起こった』ことですね」

萌花は頷いて、先を促した。

「そして、その水難事故が起きた理由について、合理的に説明できない、あるいはその理由を受け入れたくないというときに、『これはきっと妖怪の仕業だ』となる。たとえば、この近くで大きな戦があって、敗れた勢力が海に逃げ込んで死亡したらしい、という事実があれば、それは『平家の落人の呪い』となります。あるいは、物陰で何

か動く影を見た、となれば、それは『水辺に棲息《せいそく》する河童が引っ張り込んだ』となるわけです」

「ということは、元々、河童と平家の落人とは別物だった、ということですか？」

「そうですね。伝承がどのように作られていったのかを考慮すれば、これらはまったくの別物です――」

桜咲はそう断言して、

「ただ、これらは『人々を水の中に引きずり込んで溺れされる』という行動が共通しています。そのせいで、平家の落人伝説を聞いた別の地域の人が『これは河童だ』となったり、逆に河童の伝説を聞いた九州の人が『これは平家の落人の呪いだ』となったりして、世に広まる段階で混ざり合ってしまったわけです。なので、先ほどの梅沢さんの、『平家の落人が河童になった』というのは、話が逆になってしまっている、というわけです」

萌花は思わず嘆息して、

「それじゃあ、今回の依頼にある伝承も……」

「短絡的に河童の一類型だと考えるのは危険ですね。あくまで、これは平家の落人の伝承である、ということもしっかり踏まえて考えてみる必要がありますね」

――もちろん、結果として河童と同じだった、ということもあり得ますが。

と、桜咲は律義に留保を付けくわえていた。

「ねぇ、妖怪談義で盛り上がってるところ、悪いんだけど――」

椎名が不思議そうに小首を傾《かし》げながら言ってきた。

「この溜池の話って、本当に平家の落人さんたちが暮らしていた、っていう可能性もあるのよね？」

「えっ？」

萌花は思わず、声を裏返すほどに困惑してしまった。

正直なところ、それは完全に盲点になっていた。

萌花は、平家の落人と溜池という言葉から、すぐ河童を連想してしまった。勝手に亡霊として――妖怪として扱っていたのだ。

少なくとも、実際に生きた人間がそこに居たなんて考えていなかったのだ。

考えてみれば、本当に落人が生活していた可能性だって十分にあるのに、椎名のところに来た依頼だから、つい妖怪に関することなのだと勝手に決めつけていた。

一方、桜咲は特に表情も変えずに、

「それはもちろん。伝承というのは、別に妖怪や幽霊なんかの話だけを扱っているわけじゃないんだから――」

と述べてから、さらに、

「むしろ今回の話は、妖怪や怨霊を持ち出さず、平家の落人やその子孫が実際に生活していたと考える方が合理的ですらある」

と返していた。

……まるで私が非合理的だと言われてるみたい。

そんなことはないのだけど、あまりに根本的な部分で思い込みをしていたので、つい自虐的にもなってしまう。

桜咲は続けて、

「平家の落人が実際に溜池付近で暮らしていたとなると、説明は単純だ。平家が久留米に逃げ延びて、ここで農業をするために溜池を造った。そんな大事な溜池を壊されたら堪《たま》らないということで、自ら護衛として、溜池に近付く者たちに襲い掛かって溜池から遠ざけていた。まさに、伝承にある内容そのままになる」

「……そうですね」

萌花は、声を絞り出しながら頷いた。桜咲の説明にあるように、これ以上ないほど単純な、とても現実的な話になっていた。

これを河童だ、亡霊だ、妖怪のせいだ、などと言って説明しようとしていた自分が恥ずかしい。

すると桜咲は、萌花に向き直りながらさらに話を続けて、

「もちろん、これが河童や亡霊のような妖怪の伝承である可能性も否定できませんよ」

「……そうなんですか？」

「ええ。むしろ、このような人工の溜池や水路などは、河童にとっての主戦場でもありますからね」

「そういえば、柳田国男《やなぎたくにお》もそう述べていますね」

つい反射的に返していた。

「そうです。柳田国男などは、河童を『零落《れいらく》した水神』と解釈しつつ、自然の川は神のもの、人工的な水路は河童など妖怪のもの、という棲《す》み分け論も展開したりしています。先ほども話に出てきた佐賀の松原川も、まさにそれです」

「確か、河童をご神体としている神社があるという話の？」

「そうですそうです――」桜咲は楽しそうに頷いて、「松原川などは、土地を改良するために水路を造ったわけですが、やっぱり水路って危険なんですよね。なので、必然的に水難事故が増えてしまったわけです。そこで河童が出るという噂《うわさ》が広まった、と同時に、河童が出るから近付くな、という警鐘にもなった――」

この話は、前に『妖怪防災学・入門』の講義の中で聞いたものと同じだった。

河童伝承には、『水難事故が発生した』という事実を伝えるはたらきと、『河童が出るから近付いてはいけない』という防災情報のはたらきとがある、ということだ。

まさに、災害伝承として。

「その上で松原川の神社では、河童をご神体とすることで、さらにもう一つの効果が発揮されていると言えます」

「もう一つの効果、ですか？」

「つまり、『神である河童の居場所を破壊してはならない』という戒めです」

「あっ！」萌花は思わず大声を上げていた。「その結果、水路は壊されることなく、大切に維持されるようになるんですね」

それはまさに、ヴェネツィアの水路を教会が――神が守っていたように。

「そうです。いわば、神や妖怪という超常的な存在によって、人間ごときが水路を勝手に壊さないようにしていた、と言っても良いでしょう――」

桜咲があまりに大仰に言うものだから、萌花は思わず吹き出していた。

「とまぁ、このように、今回の依頼にある伝承は、実在の平家の落人が居たとしても、それが亡霊だったとしても、結論としては同じだと考えられるんです」

桜咲は軽い口調で、妖怪伝承としての解釈を語り終えると、

「もちろん、現地調査をしなければ断言はできませんけれど」

と、自分の考えを単なる想像で終わらせないよう、留意した。

いわば、『理論編』はここで終了、ここからは『実践編』が始まる、ということだ。

するとここで、椎名が説明を付け加えてきた。

「行政法を勉強すると、溜池に関する判例を学ぶことになるわよ。『奈良県ため池条例事件』っていうんだけどね——」

民俗学の話から、今度は法学の話へ。

桜咲姉弟と話していると、頭の切り替えが忙しい……でもそれが楽しい。

「詳しい内容はいずれ勉強するとして。簡単に説明すると、溜池を維持管理するための条例によって、溜池の所有者に対して、災害防止を理由として、溜池を自由に使えないように制限を掛けることが許されるかどうかっていうのが争われた事例なの。結果として、この溜池の使用規制は、防災上溜池の破損や決壊を防ぐためのものだから、そのような制限は公共の福祉に照らして受忍すべき、ってことになったのよ」

「話を聞くだけだと、何だか当然の判決のように思えますけど」

「でも、法律論としては面倒なのよ。憲法二九条では、一項で『財産権は不可侵』って言ってるし、二項でも『財産権の内容は、公共の福祉に合致するよう法律で定める』って言ってるんだけど、『法律で定める』って言ってる以上、条例で利用制限するのはおかしいじゃないかってなるわけで」

「……そう聞くと、確かに条例で制限するのはおかしく思えますね」

「でも、危険な溜池を放置したりはできないでしょう？」

「それはそうですけど、だったら、条例じゃなくて法律で規制すれば何の問題もなさそうですけど」

「全国各地の溜池について？　地形も気候も産業も違うのに？　何ヶ月も……下手をすれば何年もかけて議論して？　国が法律で一律に決めちゃうの？」

「うっ。そう言われると、各地の特徴を考慮して、自治体の条例で規制した方が……」

「でも憲法では、法律で定めなさいって言ってるのよね」

「それは、うぅん……」萌花は何が良いのか解らなくなりそうで、言葉に窮した。

「とまぁ、こんな感じに、現実の問題に法律が追い付いてないってことも多いのよね。だから、国よりも動きやすい自治体が条例で対処することも多いわけよ。それこそ、住宅地より上にあるような溜池の所有者が、ここは自分の所有物だからって好き勝手にやられたら、堪ったものじゃないものね」

――これなら妖怪とか怨霊が管理してくれた方が安心よ。

椎名は冗談めかして、皮肉を吐き捨てていた。

「それに関連して――」

と、桜咲が説明を加える。

「水源を有する土地の売買について、国が購入して管理すべきではないか、という議論もありますね。防災上の管理だけでなく、防衛上の管理もあるわけですし。さらには、災害時に『水源地に毒を入れた』なんていうデマが出ないように牽制《けんせい》することにもなる」

萌花はハッとさせられた。

「風評被害を出さないために、ですね」

「ええ。すべてのデマを無くせるわけではないけれど、少なくとも、水源地に毒を入れたというデマに対して、『そこは国が管理していて、一般人は入れない』という反論が可能になります。そうなれば、少しはデマの拡散を封じることもできるでしょうから」

桜咲は、揺らぎのない鋭い眼差《まなざ》しをして言っていた。

彼が研究している『災害伝承』は、「情報を伝える」ということが重要な要素になっている。言うまでもなく、その情報は正しくなければいけない。かと言って、正しいからと無秩序に情報を広めることが、却って悪影響を及ぼすこともあり得る。

そのような、『伝承』『情報』の扱いの難しさを、桜咲は『三つの風』という標語で表している。

『風化させない』――大切な情報を埋もれさせることなく、代を超えても伝え続けなければならない。

『風説を流布しない』――嘘《うそ》の情報が交ざり込んでしまったら、内容の信憑性《しんぴょう》を失い、価値を毀損してしまう。真偽の不明な情報は広めない。

『風評被害を起こさない』――嘘の情報は、得てして他人を傷つけてしまう。また仮に真実だったとしても、伝え方を間違えたり、必要な情報が抜け落ちたりすることで、相手にとって誤った情報になってしまうこともある。

そして、いったん知れ渡ってしまった情報は、否定はできても、消すことはできない。書籍やインターネット上から消すことはできても、人々の記憶から消し去ることはできないのだ。

風評被害は、いつまでも広がり続ける危険を含んでいる。

その怖さを、ここに居る三人は心に刻み込んでいるのだ。

ふと、椎名が大きく深呼吸をしてから、明るい声を上げた。

「これで、佐賀での仕事に向けて万全の状態だわ。ありがと。そういえば竜司も、今度の週末は佐賀に行くんでしょ？」

「ん？　ああ、確かに佐賀には行く――」

桜咲は、どこか微妙な反応を見せて、

「と言っても、九州の佐賀じゃないぞ」

「……え？　どういうこと？」

椎名が見るからに困惑していた。

桜咲は、何かを察したように「はぁ」と溜息を吐きながら、

「俺が今度の仕事で行くのは、東京の佐賀《さが》だ」

「……東京の、サガ？　ええと、東京に生まれた者の背負いし運命、みたいな？」

「その性《さが》じゃない――」

桜咲は律義にツッコミを入れながら、

「東京にも、『佐賀』という地名があるんだ。東京都江東《こうとう》区佐賀――いわゆる『深《ふか》川《がわ》』にある地名だ」

「なんでそんなややこしいことを……」

椎名が恨みがましく呟いていた。

「むしろ、前もって俺に確認してくれれば良かっただけだろう」

「だって、いきなり同行したら竜司も驚くかと思って、勘付かれないためにあまり聞かないようにしてたのよ」

「それで自分が驚かされていれば、世話はない」

「まったくだわ」

椎名は自嘲して、そのまま黙りこくってしまった。

萌花は、掛ける言葉が見つからない。代わりに、この空気を誤魔化すように桜咲に話題を振った。

「東京にも、佐賀っていう地名があるんですね。どういう由来なんですか？」

「この深川にある佐賀の由来は、実に興味深いですよ――」

桜咲の目が輝いたように見えた。

「深川というのは、今でこそ隅田川《すみだがわ》の河口にあたりますが、江戸時代の初期にはまだ干潟や浅瀬が広がっていただけで、人が定住するのは困難な土地でした。すぐ近くに『越中島《えっちゅうじま》』という地名があることからも解るように、あの周辺はほとんど海だったのです」

「それって、九州の佐賀の成り立ちと似ていますね」

「梅沢さんは、鋭いですね――」

桜咲は、含みを持たせたような言いぶりで、

「まさに、深川佐賀の地名の由来は、『九州の佐賀に似ているから』なんですよ」

「えっ？　本当にそうなんですか？」

「本当ですよ――」

桜咲は、萌花の驚きぶりを楽しそうに見つめながら、

「かつては、『深川猟師町《りょうしまち》』――山で鉄砲を撃つ方の『猟師』の漢字を書きますが

——と呼ばれていたのですが、一六九五年、徳川幕府が行った検地の際に、『この地域は、肥前《ひぜん》国佐賀の港に似ている』と称されたことから『深川佐賀町』と呼ばれるようになり、現在の名称に至ります」

「検地の際に……ということは、パッと見ただけの感想というわけじゃなくて、調査をした上で本当に似ている土地だったんですね」

「ええ。実際、深川佐賀の町も、川や水路に囲まれている埋立地ですからね」

こうして話を聞いていると、萌花は俄然《がぜん》、興味が出てきてしまった。

これまで椎名の仕事の話をしていて知的好奇心が駆り立てられていたけれど、さすがに九州の佐賀は遠いと思っていた。そんなところに、東京深川の佐賀の話が出てきたら——しかも桜咲への依頼の話なのだから——大人しくしてはいられなかった。

「そこで今度、先生の仕事があるんですね。どういう仕事なんですか？」

萌花が聞くと、桜咲は少し言い淀《よど》むように、

「今回の件は、少し事情があるので、相手方の了承を得ないと内容は話せないんです」

「あ、そうなんですか……」

思った以上にショックを受けていた。そんな自分に、萌花自身も驚いていた。

別に思い上がっていたわけではないと思うのだけど、自分の中では、桜咲と仕事をするのが普通であるかのようになってしまっていたのかもしれない。

「ただ――」

桜咲が言葉を続けた。萌花は思わず弾かれたように顔を向けていた。

「逆に言えば、相手方の了承を得れば良い、ということです。とは言っても、こればかりは相手に聞いてみないと判りませんけれど」

「あ、それじゃあ、もし先生にも相手の方にもご迷惑でなければ、お話だけでも聞かせてほしいです。きっと役に立ってみせますので」

萌花は自己アピールをしながらお願いをした。

「判りました。とりあえず聞くだけ聞いてみましょう――」

桜咲は苦笑して、かと思うと表情を一変させて、

「……ちょっと、性格が姉さんに似てきていますね。気を付けた方が良いですよ」

と、真面目な顔で忠告されてしまった。

一方、そんな会話をしている横から、弱々しい声が聞こえてきた。

「せっかく後のことは竜司に任せて、毎日の晩酌を気兼ねなくできると思ってたのに……」

そう呟く椎名からは、どこか哀愁が漂っていた。

ただ、そんな椎名に、どうしても言わなければいけないことがある。

「椎名さん。他人の介抱をあてにして飲んだら、ダメですよ絶対」

それは、とても、大変なことなのだから。

……お酒を飲むようになっても、こうはなるまい。

萌花は、そう気を付けることにした。

第二講義

深川河童の万能薬

1

『●本件の依頼メールを転送します

件名：どうか、我が家に伝わる河童のミイラを考察してください。場合によっては差し上げます

清修院大学民俗学者　桜咲竜司先生

突然のメール失礼いたします。

私は、江戸時代より続く岩瀬《いわせ》堂《どう》薬局の店主をしている、岩瀬玄視《げんし》と申します。

このようなメールをして良いものか判らず、そもそもメールにも慣れていないため、不躾《ぶしつけ》なことがあるかと思います。

その際は、改めて深く謝罪させていただくとともに、今回の厚かましいお願いについてもきっぱりとお断りいただければと思います。

ただ、その際であっても、今回の件はくれぐれも他言されないよう、お願いいたします。

まず何から話していいものか判らないのですが、今回のきっかけは、娘の白羽《しらは》がアトピー性皮膚炎になったことです。

いきなり何を言っているのか、とお思いかもしれませんが、娘がアトピーにならなければ、このようなことにはなっていなかったのです。

九歳の子供がアトピーになることは珍しくないですし、成長するにつれて治っていき、大人になる頃には痕も残らないことが多いかと思います。

ですが、私どもについては特殊な事情がございまして、娘が学校で、「お前んちの『河童の万能薬』で治せばいいだろ」などと言われ、からかわれてしまっているのです。

『河童の万能薬』というのは、何も空想上の物ではなく、この岩瀬堂薬局の創業当時から昭和の頃まで実際に作られていた、いっそ創業の基礎となったというべき家伝薬なのです。

日本各地に存在している『河童の妙薬』伝承の一種と言えば、民俗学がご専門の桜咲先生はお察しになられるかと思います。

詳しくは、当店のホームページにも記載されているのでそちらを参照していただいても良いのですが、簡潔に説明いたしますと。

いわく、当店は、江戸時代の文政《ぶんせい》年間、河童に万能薬の製法を教わって、その薬を売り出したところ評判となり、経営が波に乗って今に至るのだと。

その効用は多岐にわたり、打ち身、捻挫《ねんざ》、骨折、切り傷、また膿《うみ》を排出するにも効果があり、結果として肌が綺麗に保たれる、などと謳《うた》われております。

現に、戦後の薬事法改正が行われて規制されるまで、家伝薬として販売・配布されていて、実際に効用もあった、という記録も残っております。

この、『肌が綺麗に保たれる』という部分を受けて、娘の同級生などはからかってくるのでございます。

さらに、何を隠そう、この薬の製法というものにも大きな問題点がございます。

というのも、この河童の万能薬は、『河童のミイラの身体を削って粉にした物を、水で練って肌に塗る』というものなのです。

そのため、特に白羽の同級生の中には、「白羽のアトピーは河童のミイラの呪いだ」などと言ってくる者までいるのです。

これに対して私どもは、「河童のミイラなど実在していない。これは秘伝の薬の製法を隠すための隠語である」と説明しているのですが、そこは子供のこと、面白おかしい方に喰《く》いついてしまいますので、まったく効果はありません。

何より、そこにはもう一つ、さらに問題点がございます。

河童のミイラは、実在しているのです。

我が家の土蔵に、確かに保管されているのです。

この実物を見ることができるのは、岩瀬堂の当主となった者のみ。なので、周囲の方や家族にとっては、噂にのみ聞く存在となっております。なので、このまま私どもがすっとぼけることもできなくはないのですが、それでは娘の精神も私の精神ももちません。

否認し続ければ「よほど都合が悪いようだ」などと言って、余計に騒がれてしまうでしょう。かといって、もちろん認めるわけにもいきません。

誰しも、あの河童のミイラの容貌を見れば、まさに『河童のミイラの呪い』を信じたくなってしまうでしょうから。

もしそうなってしまっては、白羽に対する風当たりは一層厳しくなり、それだけでなく岩瀬堂薬局に対してもあらぬ風評被害が発生してしまいかねません。

奇《く》しくも、最近は妙な雑誌社や動画配信者が、河童のミイラの噂を聞きつけて、客を装って来店してきているようです。現に、何度か店内の無断配信をされてしまい、申し立てをして配信停止にさせたこともあります。

なので、河童のミイラの存在が強引に暴かれてしまう前に、どうか桜咲先生によってミイラの正体を考察していただきたい、と考えているのでございます。

あるいは、いっそ、このまま秘密裏に河童のミイラを寄贈することで、「岩瀬堂薬局には河童のミイラなんて無い」という話に持っていくことができれば、とも考えております。

とにかく、私どもが怖《おそ》れる最悪の事態は、このまま何の対策も取れないうちに河童のミイラの存在が暴かれてしまい、そしてそのミイラと娘のアトピーとが関連付けられ、それが無神経に流布され風評被害が発生してしまうことでございます。

それが薬局に対する風評被害であるなら、私は耐えることもできましょう。場合によっては、この深川佐賀の土地と建物を売り払って、どこかに引っ越してしまうのも良いでしょう。

ですが、娘に対する風評被害だけは、絶対に避けたいのです。

そのためなら、河童のミイラの破壊も辞さない心構えでございます。

突然のメールにて、かつ不躾なお願いとは思いますが、どうかよしなにご検討いただければ幸いです。

なお、依頼を受けていただける場合も、受けていただけない場合も、今回の依頼があったことや、当店に河童のミイラが現存していることについては、どうか内密にお願いいたします。

岩瀬玄視』

2

七月一〇日、日曜日の午後一時。

萌花は、西武池袋線ひばりヶ丘《おか》駅の上りホームで電車を待ちながら、桜咲に転送してもらった今回の依頼メールを改めて読み返していた。

萌花はこれから、仕事のため佐賀に行くのだ。

佐賀は佐賀でも、深川の佐賀へ。

今は、同じ西武池袋線を使う桜咲と待ち合わせをしている状況だった。

本来ならば、桜咲への仕事の依頼について、あくまで一つの講義を取っているだけの一学生という立場でしかない萌花が同行できる理由はない。ましてや萌花は、ゼミ生でも院生でもないのだから。

だけど、桜咲が便宜を図ってくれて、助手が同行するということにして、先方の許可を得てくれたのだ。

萌花がお礼を言うと、

「様々な視点から検証することは、とても重要ですからね。常に『諸説ある』という視点を持つためにも、協力していただけるのは有り難いです」

と言ってくれて、さらに椎名も、

「私としても、九州の佐賀と深川の佐賀とを一緒に調べてれば何か解るかもしれないから、その二つを繋ぐように、萌花ちゃんが協力してくれるのは有り難いわ」

こうして萌花は、二人に揃《そろ》って有り難がられてしまったのだった。

「こちらこそ、ありがとうございます」

萌花は改めて感謝を伝えながら、しっかりと力になれるよう頑張ろう、と誓った。

……何より、先生の助手として怪しまれないようにしないと。

だからこそ、下準備として、今もこうして依頼メールを見直していた。

この依頼メールは、桜咲宛に送られてきたものを転送してもらったものだ。

それと一緒に、今回の依頼に関する伝承の内容も送られていた。


『●岩瀬堂薬局の歴史と、河童の万能薬の伝承です

・岩瀬堂薬局
江東区佐賀にある薬局。

創業は、約二〇〇年前の江戸時代・文政年間（一八一八〜一八三〇年）と言われている。

詳細は不明だが、深川の町医者らが協力して独自に薬を収集・調合していた組合の

ような組織として始まったところ、やがて庶民への販売も始めたのが起源だという。そのため、明確な創業時期は特定できない。

その経緯もあってか、地域の医者らとは持ちつ持たれつ、今現在も良好な関係が続いている。

・深川河童の万能薬

昔、深川仙台堀《せんだいぼり》に棲んでいた河童が、行徳《ぎょうとく》から運ばれてきた貴重な塩を横取りしてやろうと、堀を進む舟の荷物に手をかけた。

すると、それを発見した護衛の侍が河童の手を摑《つか》み、そのまま引っ張り上げようとした。そのとき、河童の手首がスポンと抜けてしまった。その隙に河童は逃げおおせて、船には河童の手首だけが残された。

この手首を持っていれば河童が取り返しに来るかもしれない。そこで懲《こ》らしめてやろう。そう考えた侍は、自宅に河童の手を持ち帰り、河童が来るのを待つことにした。

なお、その手を持ち帰る際、どこからともなく「置いてけ……置いてけ……」という声が聞こえてきたのだが、侍は「置いていってほしくば、姿を現して取り返すがいい」と言い返して、そのまま家に持ち帰った。

これと似た声は、仙台堀だけでなく、本所《ほんじょ》深川のあらゆる堀で聞こえたという。その中でも、今の錦糸町《きんしちょう》の辺りで聞こえていたものが作家の目に留まることで、本所七不思議の『置いてけ堀』として知られることとなったという（※諸説あります）。

侍が河童の手を持ち帰ってから数日もしないうちに、夜中、侍の家の前で「返してください」と泣きながら懇願する河童の声がした。

「返したところで、もはやこの手はくっ付きまい。今後改心をするなら許してやろう」

そう侍が返すと、河童は「いいえいいえ」と否定して、

「河童には、どんな傷も治すという万能薬があるのです。手が抜けたくらいならば、その万能薬を付ければたちどころに骨も肉も繋がって、元通り綺麗な手になるのです。手を返してくださったなら、改心の証として、その薬を差し上げましょう」

「そこまで言うのなら、その万能薬とやらを使ってみせろ」

侍はそう言って、河童を家の中に呼び寄せた。

すると河童は、おもむろに自分の頭にある皿を触ると、そこから水をひと掬《すく》い、ふた掬い、傷口にかけていった。

途端、完全に切り離されていた河童の手がみるみる繋がってゆき、そして二、三の瞬《まばた》きをする間に、もはやどこが切れていたのかも判らない、綺麗に元通りの腕になっていた。

河童の万能薬の話は、本当だったのだ。

「それでは約束通り、改心の証としてこの万能薬をお渡しします。無くなったなら呼んでいただければ、すぐにも新しい薬をお届けします」

河童は、瓢簞《ひょうたん》に入った万能薬を侍に渡して、去っていった。

この河童の万能薬は、人間にも効果抜群。瞬《また》く間に評判を呼び、深川全体、さらに江戸全体、いっそ日本全国の人々が、健康に暮らせるようになっていった。

だが、その生活も長くは続かなかった。

河童の万能薬は、実は河童が自分の命を削って作り出していたものだったのだ。河童の頭の皿にある水は、まさに命の水。薬を作る度に皿の水は減り、河童はやせ衰え、身体が干からびていった。

そして、しばらく経《た》ったある日。

侍の家の前には、瓢簞を抱えたまま干からびている河童のミイラがあったのだった。

以来、この侍は河童の万能薬を大事に使い、末永く、この地の人々の健康を守り続けている。

それが、河童の万能薬の経緯であり、この岩瀬堂薬局の始まりと言われている。』

萌花にとっては、何とも興味をそそられる内容だった。

『河童のミイラ』についての話だけでなく、『河童の万能薬』ないし『河童の妙薬』

と呼ばれるような民俗学的な話が絡んでいる。さらにそれだけでなく、『ミイラが薬になる』という歴史的な話まで関わってきている。

これは、妖怪とその正体について考察することが大好きな萌花にとって、これ以上ないくらい興味を掻《か》き立てられるものだった。自然と、予習にも熱が入っていた。

河童のミイラと言われているものは全国各地に伝わっていて、特に有名なものは九州に多く見られる。特に『河童の手』についてのミイラは多く、「悪さをした河童の手を切り落として懲らしめた」という伝承と共に現存している。その所有者は、寺、神社、酒蔵や普通の民家など、多岐に亘《わた》っている。

東京でも、河童のミイラがあることを公表している所がある。浅草・かっぱ橋道具街のすぐ近くにある曹源寺《そうげん》では、河童堂というお堂の中に、河童のミイラとされているものを祀っている。かっぱ橋近くの河童のミイラ、という点には萌花も興味を禁じえない。

河童のミイラとされているものは、江戸時代に流行した見世物小屋で展示するための作り物だ、とも言われている。実際、浅草や本所深川などの隅田川沿いでは、多くの見世物小屋が建てられて多くの人が集まっていたという。

そのときに作られた物が現在まで残されている……と考えるのが合理的だろうか。

……もちろん諸説あるだろうから、決めつけは良くない。

萌花は、桜咲の決め台詞を借りて、思い込みに陥らないよう自戒した。

一方、河童の妙薬・万能薬と呼ばれるような逸話も、全国各地に存在している。

よくある類型としては、懲罰に対するお詫《わ》びとして薬を渡す話で、岩瀬堂薬局に伝わっているのもこの類型だ。「河童が悪さをしたので手を切り落としたら、『どんな傷も治る薬をあげるので手を返してほしい』と言われたので返したところ、その薬を使って河童の手が綺麗に治った」というような話になっている。

この「河童が悪さをしたので手を切り落とした」という部分は、『河童の手のミイラ』の逸話とも共通していて興味深い。

調べている中で萌花が特に気になったのは、『石田散薬《いしださんやく》』と、『岩瀬万能膏《ばんのうこう》』と呼ばれている薬だった。

石田散薬は、日本史・幕末で有名な新選組副長・土方歳三《ひじかたとしぞう》に関係している物なのだ。というのも、この薬は、土方歳三の生家が実際に製造・販売していた薬で、「河童明神から製法を教わった」と伝わっている物なのだと。

土方歳三は、現在の東京・日野《ひの》市の出身だ。日野市の北端には多摩川があり、その支流も多く流れていることから、川の妖怪として河童伝承が身近にあったのだろう。

調べてみると、土方歳三自身も、剣術の道場を巡りながら石田散薬を売り歩いていたらしい。彼の剣術の腕は、当時の優秀な剣術家を記した目録にも名が載るレベルだったという。ということは、怪我《けが》をしてもこの薬があれば大丈夫、という売り文句で売っていたのかもしれない。

……何だか、自分で火をつけて消すマッチポンプにも思えるけど。

この薬は、戦後の薬事法改正によって製造・販売が禁止されたのだが、その製法は現在まで正確に伝わっていて、最近も、薬事法改正まで製造に関わっていた方たちの協力によって再現された、というイベントがあったらしい。もっとも、その成分を科学的に分析したところ、医薬品としての効力は無いか、あっても傷を塞ぐ程度のものだったのではないかとされている。

それでも萌花は、河童の妙薬が実在していたという話に思わず胸が躍っていた。もう一つ、岩瀬万能膏については――『万応薬《ばんのうやく》』など呼び方は何パターンもあるが――今回の岩瀬堂と名前が被《かぶ》っていることで気になっていた。

それだけでなく、その伝承自体も似ているように感じられた。

江戸時代・天明《てんめい》年間（一七八一～一七八九年）のこと、今の茨城県常陸大宮《ひたちおおみや》市上岩瀬《かみいわせ》に住む医者・真木了本《まきりようほん》が、江戸からの帰り道、牛久沼《うしくぬま》の畔《あぜ》を歩いているところで、奇妙な指を拾った。その指を家に持ち帰ると、夜中、牛久沼に棲む河童が「指を返してほしい」と訪ねてきた。了本が指を返したところ、河童はお礼に、切り傷・腫物・膿出しに効くという膏薬をくれた。

その膏薬はたちまち評判となった。その製法は、真木家の主人にのみ伝わる、と。やはり似ている。

この岩瀬万能膏と、深川岩瀬堂の万能薬とは、何か関係があるのだろうか。時代的には、深川の岩瀬堂の方が後になるので、この常陸の岩瀬万能膏を参考にしたという可能性も考えられる。ただそうすると、一家秘伝という話とは矛盾するのだけど。

萌花は、こうして気になったところはメモをして、後で桜咲にも聞いてみるつもりだった。

実に知的好奇心を刺激される。こんなに楽しそうな内容はそうそうないだろう。

ただ、岩瀬堂薬局や、当主の娘の白羽に降り掛かっている問題は、決して気楽でいられるようなものではない。

一つ対応を間違えてしまったら、取り返しのつかないことになるだろう。

萌花は少し、不安になる。

この問題は、民俗学で解決できるような範囲を超えているんじゃないか。

民俗学者とその助手は、今回の件で、どう役に立つことができるのだろうか。

3

空は雲に覆われているものの、この程度では太陽の力を弱めることはできず、三〇度を超える真夏日になっている。

にもかかわらず、昼一時の駅には、これから遊びに出掛ける人たちの姿も多く見られた。それぞれ、涼しげな格好をしたりハンディ扇風機を持ち歩いたりして、少しでも涼もうとしている。

その中で萌花は、見るからに暑そうな、着慣れないパンツスーツを着ているため、悪い意味で目立っているようで少し恥ずかしかった。自意識過剰かもしれないけれど、そもそも萌花は自分のスーツ姿に自信がない。もっと着慣れているなら堂々としていられただろうし、他の人が遊んでいる間に自分は仕事をしているのだという謎の優越感も感じられたかもしれない。

だけど、実際の自分の姿は、無理に大人ぶって背伸びをしている学生にしか見えないだろう……現にそうなのだけど。百歩譲れば就活中に見えるかもしれないけれど、こんなにサイズの違うスーツを着ていると、それだけで印象は悪くなりそうだった。

ブラウスは自分の物を着ているから問題ないのだけど、パンツの方は、自分の足の長さが足りていなかった。数cmほど裾を折り込むことで、どうにか形にはなっているけれど。

……四cmは、数cmとは言えないかもしれないけど。……でも数cm『ほど』だし。

以前、京都に行ったときにも借りていた椎名のスーツ。あれから一週間で萌花の足が伸びるわけもなく、今日も不格好なままで仕事に行くことになっていた。

萌花もスーツは持っているのだが、それはスカートのスーツなのだ。

「不動産鑑定士の仕事をするのに、スカートなんて絶対にダメよ」と、アルバイトを始めたすぐの頃から椎名は何度となく戒めるように言っていた。

「不動産鑑定士は、不動産の価値を評価するために、家とか地面とか山の斜面とか、いろいろ調べ回らないといけない。天井の高さを測るのに踏み台に乗ったり、土地の境界線を確認するためにしゃがみこんだり、崖みたいな場所の端まで行かないといけなかったりするんだから。そんなとき、スカートなんて気にしてたら仕事にならないし、大怪我の原因にもなりかねないんだから」

そう言われていたので、萌花はアルバイトの給料で新しいスーツを買うつもりでいたのだ。だけど、

「今はそんなことにお金を使わないで、資格勉強のためとか、気分転換に遊ぶためとか、もっと大事なことに使うべきよ。そもそも、スーツならいつでも貸してあげるん

だし、タダで済ませられるところはタダで済ましちゃいなさい」

と言われてしまったので、買うに買えなくなってしまったのだ。実際、アルバイト代は資格勉強に注《つ》ぎ込むことができているので、とても有り難いのだけど。

そんなこともあって、萌花は今日も、サイズの合わないスーツを着ていた。

今日の萌花は、桜咲の助手としてではあるけれど、それと同時に、不動産鑑定士のサポート事務員という立場も併せ持って、仕事に向かうのだから。

駅のホームにアナウンスが流れ、間もなく急行池袋行きの電車が滑り込んできた。この電車の五号車に、桜咲が乗っているはずだ。

萌花は東久留米駅、桜咲は所沢《ところざわ》駅と、二人とも西武池袋線の駅が最寄りになる。ここから深川に行くには、池袋駅での待ち合わせも考えたのだけど、休日の池袋の混雑具合を考えると、適当な待ち合わせ場所が思い付かなかった。そこで、電車の中で待ち合わせてしまおうということになったのだ。

五号車の一番前の、奥側のドア付近、寄りかかりながら立っている桜咲の姿が見えた。向こうも萌花を見つけたようで、軽く手を上げていた。太めの枠の眼鏡《めがね》を掛けている以外は、大学でも見るようなスーツ姿だった。

萌花は少し電車を追いかける格好になりながら乗車した。途端、電車内の涼しい空気が全身を包み込んできて、思わず大きく息を吸い込んでいた。そのままひとつ深呼

吸をして、

「おはようございます。今日はよろしくお願いします」

「こちらこそ、よろしくお願いしますね」桜咲は律義にお辞儀をしながら、「ここ、手すりが摑みやすいですよ」と、手すり脇のスペースを譲ってくれた。

「あ、ありがとうございます」

萌花もそこまで身長が低いわけではないのだけど、慣れないスーツ姿ということもあって、吊革《つりかわ》を摑むのは少し面倒だった。

何より、電車内でもいろいろ話をしたかったので、スマホを操作しやすい体勢でいたかったところなのだ。

日曜昼間の急行池袋行きは、混んでいるわけではないけれど、他の客との距離は少し近い。なので、周りに聞こえても当たり障りのないようなところで話を進めていく。

「今回、河童の妙薬に関する伝承を調べてみたんですけど、一般的に知られている伝承にも妙な点があると思ったんです」

「なるほど。『妙薬』だけに」

辺りが急に冷え込んだ。西武鉄道は弱冷房のはずなのに。

萌花は軽く咳払いをして、話を進める。

「そもそも、どうして河童が、どんな傷にも効く薬を持っているんでしょうか？　河童は水神が零落した姿だ、と言われているように、水に関係する薬だとか伝承だったりすれば納得できるんですけど」

「いい着眼点ですね」桜咲は楽しそうに頷きながら、「河童の妙薬と呼ばれる類型の伝承は、河童を水神の一種として考えたまま考察しようとすると、明らかに異質です。普通に考えれば、水とは全く関係が無さそうですからね」

「ということは、関係があるということですか？」

「無くはない、ですね――」

諸説ありますし、と注釈を加えながら、

「たとえば、河童の正体について『神や陰陽師《おんみようじ》や大工の力によって、土木工事を手伝わされた人形だ』とする伝承が各地にあります――」

その話は萌花も聞いたことがあったので、思わず頷いた。というか、この日のための予習としても改めて調べていたのだけど。

「『飛彈《ひだ》の匠《たくみ》』や『竹田《たけた》の番匠《ばんしよう》』など、伝説的な存在でもある木工・土木技術集団が、自らの仕事を手伝わせるために人形を使役し、役目が終わったら川に捨てた――それがやがて河童となった。それらは元が人形であるため、簡単に手が抜けて、そして簡単に元通りになってしまう、というわけです」

「河童の正体が、川に捨てられた人形だから、手が抜けやすい……」萌花は敢えて口に出してみた。けれど、「ちょっと納得しづらいです。人形だからって、必ずしも手が抜けやすいというわけではないですし」

「そうですね。私も、人形説を妙薬の伝承と関連付けようとするのは、論理性が弱いと思っています。そもそも正体が人形だというなら、手が抜けても薬を付ける必要がないですからね」

「確かに、そうですよね」

「他には、河童の手とは、水の流れが相手を引きずり込もうとする力の象徴だと解する説もあります。つまり、河童の手を切ることは、水難の対策をしたということを意味していて、そして逆に手が治るということは、水難が再び繰り返されたということを意味しているのだと」

「なるほど。それなら納得でき……」と言いかけて、萌花はハッと気付いた。「いや納得できませんね」

「気付きましたか」

　桜咲が楽しそうに言ってきたので、萌花は頷いて、

「もし、河童の傷を治すことが水難の再来を意味するのなら、そんな薬を貰《もら》った人間は、進んで水難を引き起こそうとしている存在だということになってしまいます。そんなことになったら、この伝承は、水難をもたらした犯人の自白みたいなものです」

「そうなんです」桜咲は頷いて、「そもそもこの説は、『河童の手が何度も生え変わる』という伝承について説明するために考えられた説ですので、『薬で治る』という伝承を説明するのには向いていません。そこを一緒に解釈してしまうと、妙なことになってしまうんです――」

……妙薬だけに。

と頭の中で思ってしまった自分が少し恥ずかしかった。

「なので、この河童の妙薬に関しては、本当に異質な伝承なのだと考えています」

「異質な伝承、というのは？」

「つまり、元々は河童の伝承ではなく、別の妖怪の特徴として伝わっていたモノが、いつしか河童に入れ替わっていた、ということです」

確かに、元が別のものだったと考えれば、この伝承の異質さは説明できそうだ。ただ、そうだとすると、なぜ別の妖怪の伝承が河童に変わったのか、という新しい問題が出てくるのだけど。

「その、別の妖怪というのは何ですか？」

萌花が促すように聞くと、

「タヌキです」

桜咲は、そう答えた。

一瞬、聞き間違いかと思った。それほどまでに予想外のモノが出てきた。

「……タヌキが、薬を渡すんですか？　というか、タヌキが妖怪というのは……」

「おや？　タヌキは妖術を使ってヒトを化かすじゃないですか。うちの大学がある聖蹟桜ヶ丘も、化け狸《だぬき》が出てくる『平成狸合戦ぽんぽこ』の舞台になっていますし」

「あ、言われてみれば……。そういう意味ではタヌキも妖怪で……でも、やっぱり実在する動物でもありますよね」

「相変わらず、いい着眼点ですね。その辺りの話は、また後で出てきます。まずはタヌキの妙薬について説明しますね」

――と言っても、この話は既存説に従うんですけど。

そう律義に注釈を入れてから、桜咲は説明を始めた。

「妖怪が薬を作って渡す、という伝承は、実は河童よりも前に、タヌキの話が広まっていたとされています。現時点で発見・調査されている文献の中では、タヌキの妙薬が出てくるのは、延宝《えんぽう》五年――西暦一六七七年刊行の『宿直草《とのいぐさ》』という怪談集があります。一方、河童の妙薬の物語が出始めるのは、それから約一〇〇年後になるのです」

「あれ、そうなんですか？　私が調べた河童の妙薬の話の中には、それより前の室町時代から伝わっているものがあったはずですけど……」

萌花はすかさず、自分でまとめていたメモを見ようとした。だがその前に、

「あぁ、それは少し誤解していますね――」

桜咲は察したように頷きながら、

「伝承の中では『室町時代に起きたこと』とか『戦国時代の誰々が』とか言われていても、たとえばその伝承を記している史料が江戸時代後期に成立した物だったら、私たちが断言できることは、『江戸時代後期に、この伝承が存在していた』ということだけになります。これを『室町時代に成立していた』とか『戦国時代に存在していた』と言ってしまってはいけないのです」

「あ、そうですよね」

法学で言うところの、訴訟法の『伝聞証拠』みたいなものだ。

たとえば、Aさんの証言として「BさんがCさんを殺したのを見た」と言ったところで、これだけではBさんの殺人の事実は認定できない。この時点で言えるのは、「Aさんがそう証言している」という事実のみで、その内容の正確性については別の問題なのだ。

「特に、この妙薬や万能薬に関する伝承は、どうしても年代を誇張する傾向にありますからね。いかに古くからあるのかということが、薬の由緒となり宣伝にもなるわけですから」

萌花は思わず、大きく頷いていた。

今回の依頼の件も、岩瀬堂薬局に伝わっている話は、約二〇〇年前とされている。だけど、もしかしたらそれは、薬局に箔《はく》を付けるための誇張であって、実際はもっと新しい物なのかもしれない、ということだ。

あるいは、いっそ、別の薬局に伝わる伝承を流用している可能性だって否定はできない。

頭の片隅に置いておこう、と萌花は心に刻んだ。

「さて、タヌキの妙薬は、話の内容は河童の妙薬の話とほぼ同じです。タヌキが悪さをして、手が抜けてしまった——あるいは手を斬られてしまったので、『手を返してほしい。傷の治る妙薬をあげますから』と言ってきたので、妙薬を貰った——あるいは妙薬の製法を教わった、と」

「でも、タヌキについても、手が抜けるなんていう話は聞いたことがないんですけど」

「そうでしょうか？」

と桜咲は不敵に微笑みながら、

「そもそも、『タヌキ』という名前からして、『手抜き』と呼んでいるようなものじゃないですか。テヌキ、テヌキ、タヌキと」

「……あの、ここでギャグを言われても、反応に困るんですけど」

「いえいえ。確かにギャグではありますけど、真面目でもありますよ——」

そう言う桜咲は、楽しそうに微笑んではいるものの、確かに寒いギャグを言っているときとは目が違っているように思えた。

「そもそも日本語の音として、『手』という漢字を『タ』と読むものは多くありますよね。古来儚《はかな》げな女性を表した『手弱女《たおやめ》』や、花を摘むときの『手折《たお》り』、神仏や死者の霊に捧《ささ》げる『手向《たむ》け』、他にも、ウマを操る綱のことは『手綱《たづな》』と呼んでいます」

「……だから、タヌキは『手抜き』だと？」

桜咲は頷いて、

「タヌキの名前の語源についても、手を貫くと書いて『手貫《たぬき》』と呼ぶ物からきている、という説があります。手貫というのは、動物の毛皮で手や腕を保護する物――いわば籠手《こて》のような物です。この手貫を作るための毛皮として重宝されていた獣のことを、タヌキと呼ぶようになった、と」

――諸説ありますけれど。

桜咲は、いつものようにそう言うけれど、萌花は頭の中ですべてが繋がったような感覚だった。口が無意識に動き始める。

「その手貫という漢字が、いつしか手を引っこ抜くイメージと繋がって、それで妖怪であるタヌキの手が抜けるようになった……」

「はい。そこから、手が抜けても治すことのできる『タヌキの妙薬』という話の原型が生まれた、と私は考えています」

「なるほど……」と納得したように頷きながらも、萌花はふと疑問に思ったことがあった。「でも、タヌキの妙薬なんて、まったく聞いたことがなかったです。というか、そもそもタヌキの作った薬と言われても、そんなに凄《すご》さを感じないというか」

「だからこそ、後々は河童の妙薬に変わっていった――いっそ乗っ取られたと言っても良いかもしれません」

「……つまり、タヌキの妙薬と言って薬を売ろうとしても、凄さを感じなくなったから、宣伝にならなくなった？」

「そうです。そしてこれが、先ほど『後で出てきます』と言っていたことと関連してくるわけです」

「え？　えぇと、タヌキは妖怪ではあるけど、実在する動物でもある、ということですよね……。あっ。もしかして――」

　桜咲は軽く頷いて、萌花に先を話すよう促してきた。

「これまでは、妖怪であるタヌキの作った薬として売っていたのが、次第に、実在するタヌキの生態が知れ渡っていったことで、『タヌキは動物だ』という認識が強まっていった。その結果、『タヌキはこんな薬は作らない。ニセモノだ』と言われるようになってしまったということですか？」

「そういうことだと思います。かつて『得体の知れない存在』だったモノが、『周知の存在』になってしまった。こうなってしまっては、いくら『タヌキには不思議な力がある。どんな傷も治せる薬がある』と言ったところで、信用されなくなってしまいますから」

「だから、その代わりに、河童が出てきた……」そこで、ふと萌花は疑問に感じた。「でも、どうして河童だったんでしょうか? 他の妖怪が出てきてもいいようなのに、私が調べた限りでは河童以外出てきませんでした。……って言っても、タヌキの妙薬を見逃していた時点で不十分だったんですけど」

「いえいえ。やはりいいところに気が付きますね――」

桜咲は声を弾ませて、

「そこにこそ、タヌキと河童の共通点があるんですよ。さて梅沢さん、『河童』という漢字が初めて出てくる文献は、何かご存知ですか? その頃は『カッパ』ではなく『カワロウ』と呼ばれていたと考えられるのですが」

「それは『下学集《かがくしゅう》』です」萌花は即答した。「そこには、『獺《かわうそ》、老いて河童となる』と書かれていて……あっ」

「気付きましたか」

「はい。河童は、かつて、カワウソが年老いたらなるものだと思われていた」

「他にも、江戸時代の初めに作られた『日葡辞書《にっぽじしょ》』では、『猿に似た一種の獣』だと書かれていたんですよ」

「つまり、かつて河童は、実在する動物だと思われていたんですね」

「ええ。そしてそれだけでなく、年を経たことで妖怪化する、という意味も含まれています。それこそ、古狸や猫又《ねこまた》のように」

「河童も、タヌキも、妖怪でありながら実在する動物でもあった……。ちょうど中間みたいな存在だったんですね」

　桜咲は頷いて、

「この妙薬の伝承に関しては、まさに動物と妖怪の中間であることが重要になるわけです。いわば、何でも治るという『夢のような効果』を持っている薬が、『現実に存在』しているように宣伝しなければならないのですから」

「最初は、化けタヌキの手が抜ける、という話がネタにされた。その後、時代を経るにつれて、タヌキが妖怪ではなくただの動物だと思われるようになっていった。そこで、かつてのタヌキと同じように、動物と妖怪の中間だった存在の河童が、役割を代わった。そして、その交代の際に、タヌキの手抜きが残っていた、というわけなんですね」

「私はそう考えています」

――諸説ありますけれど。

と、いつものように注釈を入れる桜咲。ただ、その表情は、いつもより自信に溢れているように見えた。

ふと、電車が速度を緩め、石神井《しゃくじい》公園駅に到着した。こちらのドアが開くということで、萌花と桜咲はドア付近を空けるように車内の奥の方へ移動した。

「もう一つ、質問してもいいですか？」

萌花はそう言いながら、桜咲の返答を待たずに聞いていた。

「調べている中で、江戸時代にはミイラが薬として使われていた、という話があったんです。わざわざ、エジプトから輸入していたとか」

「そうですね。確実な記録に残っているだけでも、一六七三年に入港したオランダ船から、約六〇体のエジプトのミイラを購入した、というものがありますね――」

桜咲は、手元に何の資料も持たないまま、彼の頭の中に納められている資料を使って教えてくれる。

「それらは、主に医者や薬屋などが購入していたようで、梅沢さんの言うように、薬として使われた物が多かったようです。実際に、ミイラの防腐剤として使われていたプロポリスなどは、今でも身体に良いものとして重宝されていますし、多少の効果はあったようです」

「……つまり、食べちゃったんですよね」

「そうですね」桜咲は泣き笑いのような顔になりながら、「エジプトでの盗掘被害の歴史を知っている身としては、取り返しのつかない事態になっていて、やるせない気持ちになるかと思います――」

萌花は無言で頷いた。

「ただ、この点に関しては、文化財保護の観点から言えば、合法・違法にかかわらず、エジプトから持ち出されて処分されてしまったということ自体が問題とも言えます。とはいえ、それはあくまで現代人の価値観と知識に基づいて、過去の行いを断罪していることにもなります。確か、法律でも似たような理念があったかと思いますが」

「え？　ええと……」萌花は、『法学入門』の講義内容を何とか思い出す。「事後法の禁止とか、法律の不遡及とか言われるものですね。新しく法律が作られたとしても、その制定より前の行為については適用されない、という原則です」

「当時は合法だったことを、後出しで違法にされてしまったら、市民は萎縮して何もできなくなってしまいますからね」

「法律の行為規範性、というものですね――」

萌花は思わず、勉強の成果を披露するように言った。

「法や規則に定められていることに従って行動すれば、罰せられることはない。そうすることで、人々は法の範囲内で自由に生活を送ることができる、ということです」

公私ともに民俗学にドップリ嵌まっている萌花だが、大学での所属は法学部だ。元々は望まない進路だったし、紆余曲折《うよきょくせつ》があったのだけど、結果として、法律の知識を必要とする不動産鑑定士を目指すようになったので、良かったと思えるようになっている。

「まぁ気持ち的には、『取り返しのつかないことをしてくれたなぁ』と思わなくはないですけどね――」

桜咲は恨みがましく呟くと、ふと表情を緩めて、

「それでも、もし江戸時代にミイラの輸入が無ければ、日本文化を研究する私たちがミイラの薬について研究することもあり得なかった、ということでもあります。正直なところ、学者としては有り難いところもあるわけです。よく『学者に倫理観は無い』などと言われてしまう一因は、こういう知的好奇心の表れにあるんですけどね」

そう自嘲するように肩をすくめていた。

「でも、エジプトのミイラの食レポなんて、今じゃ絶対にできないですよね。正直、当時の人がちょっと羨ましいです」

「そうですね。……食レポと言われるとちょっと違いますけど――」

桜咲は律義にツッコミを入れながら、

「ミイラの薬としての効果なんて、医学的な観点からはもちろん、文化財の保護という観点からも、飲まされる側に対する人道的な観点からも、二度と許されないでしょう。……まぁ、どうしてもミイラの薬としての薬効を知りたいのなら、同一成分の物質を科学的に再現して生成して飲んでもらう、ということは可能になっているかもしれませんが」

「科学の力が、ミイラの薬の謎も解き明かす……」

萌花は独り言のように呟きながら、ふと、思い出した話題があった。

「そういえば、最近、人魚のミイラの正体を科学的に解明する、なんていう話があるみたいですね」

「ええ。岡山県の寺が所蔵する人魚のミイラを、ＣＴなどで解析するのだと」

「……やっぱり、本物の人魚では、ないんですよね」

「そうですね――」

桜咲は、どこか寂しそうな表情を浮かべながら、

「科学技術は、常に妖怪の居場所を削ってきました。『誰《た》そ彼時《がれどき》／彼《か》は誰時《たれどき》』という、ヒトとモノノケが入り交じる、誰も彼も境界が曖昧になってしまう時間を、提灯《ちょうちん》やライト、街灯によって削ってきた。そしてそれは同時に、妖怪の住処《すみか》であった、闇、陰、

夜を奪っていった。この暗闇の奥に何か居るかもしれない……その『かもしれない』という可能性は、眩《まばゆ》い光に照らされて『ありえない』ものとして否定された。さらに、未知の生物の正体を、DNA解析によって、既存の生物を繋ぎ合わせた物だと暴いてみせる……

「……それは」

それは、萌花の胸を深く刺してきた。

萌花は、『妖怪の正体』について考えることが好きだ。それは、子供のころに妖怪やお化けが怖くて、眠れなかったりトイレに行けなかったりしたときに、「妖怪もお化けも、怖くないんだよ」と教えてくれた人がいたから。

妖怪の正体は科学的に説明できる、だからその原因さえ解っていれば何も怖くない、と言ってくれた人がいたから。

「科学は、確かに正確かもしれない。だけど、それを知らしめることが正しいとは限らない。そこには信仰というものがあるのですから、それを否定するようなことは、あってはならないのだと思います――」

沈痛な面持ちで語った桜咲は、心なしか口調を軽くして、

「それこそ、『鎌倉の大仏は金属の塊であって、本物の仏じゃない』と叫んだところで、あの大仏を合金のグラム単価で計算して販売しろ、とはならないわけです」

「それはまぁ、そうですね」

その突飛なたとえ話に、萌花は思わず吹き出してしまった。

民俗学が解き明かす妖怪の正体についても、別に科学的な価値だけを見ているわけではない。文化や伝統など、簡単には数値化できない価値を、民俗学は見つめているのだ。


「あ……」

ふいに桜咲が声を漏らして、窓から顔を逸《そ》らすように俯《うつむ》いていた。

「どうかしたんですか?」

萌花は聞きながら窓の外を確認して、「あぁ」と納得した。

電車はちょうど、駅を通過しているところだった。そしてしばらく進むと、減速し始める。終点となる池袋駅の一つ前――

「今、『椎名町《しいなまち》』駅を通過してますね――」

萌花は思わずニヤニヤしながら言っていた。

「私、椎名さんと知り合ってからは、いつも『あ、ここ椎名町だ』って思いながら通過してますよ」

「いつも通過してるんですね。降りることなく」

「あ、いや、まぁ、各停電車なんてほとんど乗りませんし……」

萌花は曖昧に濁した。ただ、このフォローも、そもそも椎名町には用事がないと言っているようなものだと気付いて、苦笑しか出なかった。

「まぁ、その気持ちは解りますよ――」

桜咲は、これ見よがしに何度も頷きながら、

「どうしても『椎名』と名の付くものは無視して通り過ぎたくなってしまうという、本能的な拒絶反応がありますから」

「そうじゃないです――」

相変わらず、姉に対する毒舌は鋭い。

「っていうか、それは椎名町の人に対する風評被害じゃないですか」

「そうですね。うちの姉と一緒にするなんて酷《ひど》すぎますよね」

「そっちじゃなくてですね……」

そんな話をしているうちに、電車は終点の池袋駅に到着した。

4

池袋駅から有楽町《ゆうらくちょう》線に乗り換えて、飯田橋《いいだばし》駅へ。そこから東西線に乗り換えて、門《もん》

前仲町駅《ぜんなかちょう》へ到着した。

迷路のような地下通路を抜け出た地上出入口には、『この出入口は海抜約〇・六ｍ』という看板が設けられていた。これはまさに、この街が水害と隣り合わせで続いてきていることを表しているのだ。

さらに看板をよく見ると、

『※万一の水害発生時は　あわてずに公共施設など堅牢《けんろう》な建物の三階以上へ避難してください。』

と記されていた。

これは逆に言えば、この付近にある公共施設は、水害の発生を想定した上での安全性が確保されている、ということになるのかもしれない。

もちろん慢心はできないけれど、それでも、災害のときに明確に「こうすべき」と示されているのは、生活する上で安心できると思った。

それこそ、昔の人たちが「災害時は神社か寺へ逃げ込め」と決めていたのと同じように。

「さて。いよいよ、東京における河童の本拠地にやってきましたね」

桜咲は、辺りをぐるりと見回しながら呟いていた。

「河童の本拠地、ですか？　ここが？」

「そうですよ」

桜咲は即答してきた。だけど萌花は首を傾げる。

「私が事前に調べたときは、むしろ深川を舞台にした河童の伝承を見つけるのに苦労したんですけど」

実際に、『深川　河童』でネット検索をしたくらいでは、小説などの創作物ばかりが出てきてしまうのだ。その中に埋もれるように、今回の仕事で訪れる岩瀬堂薬局の伝承も出てくる。

文献を調査していくと、江戸時代、本所や深川などに多く設けられていた見世物小屋で、河童のミイラも展示されていたことが解るのだけど。

その一方で、「河童が出た」という類《たぐい》の伝承は、本所七不思議などの怪談と混ざってしまっているものも多く、萌花の知識だけではどう解釈すべきなのか解らなかった。

それこそ、『置いてけ堀』の声の正体は河童である」という説もあったのだけど、萌花にしてみれば、その「河童の正体」こそが知りたいのだ。

「実はですね――」

と、桜咲が面白そうに話す。

「この深川は、『河童が造った町』と言っても過言ではないのです」

「……えぇ？」

萌花は思わず、怪訝な顔を隠さずに桜咲を見やっていた。

そんな萌花の反応を見て、桜咲は、してやったりとでも言いたげな顔をしながら説明を続けた。

「この深川の土地は、かつて浅瀬や干潟が広がっていたのを、江戸時代になってから埋め立てを始めて人々が住めるようにした、という話は前にしましたね」

「はい。その成り立ちが、九州の佐賀に似ているという話でした」

「そうです。そして、埋め立てた土地の排水や交通を整えるために、水路が張り巡らされた。その点も、九州の佐賀にそっくりです」

萌花は頷きながらも、

「ただ、だからといって、それだけで河童が造った町とは言えませんよね？　もしそんな主張をしたら、水路のある埋立地がすべて河童が造った町になってしまいますし」

「ええ。もちろんそれだけではありませんよ――」桜咲は頷きながら、「さて、ここで問題です。『門前仲町』という地名にある『門前』とは、どこの門の前を表しているでしょう？」

そんな急な質問にも、萌花は落ち着いて、予習してきたことを思い出す。桜咲と出掛けるからには、目的地の地名の由来は当然のように調べているのだ。

「富岡八幡宮《とみおかはちまんぐう》を管理する寺、いわゆる別当寺《べっとうじ》として栄えた永代寺《えいたいじ》の門前町だったことに由来する、と言われています」

萌花がそう答えると、桜咲は満足そうに頷いて、

「まさに、その富岡八幡宮が、この深川が『河童が造った町』であるというための、重要な役割を果たしていたのです。では次の問題です――」

と、勝手に第二問の出題を始めた。

「富岡八幡宮は、あるスポーツの発祥の地として、聖地とされています。境内にはその石碑も設けられているのですが、さて、そのスポーツとは何でしょう？」

「ええ？」

あまりに唐突すぎて、萌花は困惑した。

……いきなりそんなことを言われたって解るわけが……ん？

ふと萌花は気付いた。ちゃんとヒントがあるじゃないか、と。

富岡八幡宮が、『河童が造った町』として重要な役割を果たしているというのなら
――

「答えは、相撲《すもう》ですね」

「正解です――」

桜咲は、ふたたび満足そうに頷いて、

「そもそも相撲というものは、水神に祈りを捧げるための神事が起源だと言われてい

ます。たとえば現在でも、瀬戸内海《せとないかい》に浮かぶ愛媛《えひめ》県今治《いまばり》市の大三島《おおみしま》にある大山祇《おおやまづみ》神社では、稲の精霊と相撲を取る『一人角力《ひとりずもう》』が奉納されていますね――」

それは萌花もテレビで見たことがあった。境内に造られた土俵で、一人の男性が目に見えない精霊と相撲を取るという。それは三番勝負で、必ず精霊側が二勝して勝ち越すことにより、稲の精霊が力強く豊作をもたらしてくれる、と。

「そして、相撲を興行として始めたのが、富岡八幡宮なのです。寺社の建造や修繕のために寄付を集める『勧進相撲《かんじん》』と呼ばれるもので、多くの力士や観客が富岡八幡宮に集まった。これが、プロスポーツとしての大相撲発祥の地ということですね」

「寺社の建造のため、相撲を取って、人を集める……」

萌花は思わず、その言葉に反応していた。

災害伝承について――特に水害関連について話す際には、必ずと言っていいほど話題に上がるワードだ。

つまり、軟弱な土地を、多くの人や物によって踏み固めていく、という水害防止策。

よく例に挙がるのは、甲斐《かい》・山梨県の武将である武田信玄《たけだしんげん》が、川の氾濫を防ぐために堤防を築いた際、その堤防の強度を上げるため、祭を開催して神輿《みこし》を担ぎながら堤防を練り歩くことで踏み固めていった、という逸話だ。

祭を開催することで、神輿や観客により多くの人を集めて、堤防を踏み固めさせた、と。

そして、深川について見てみれば、富岡八幡宮が勧進相撲を開催することで、この埋立地に人を集めて地面を踏み固めさせていた、ということになる。

しかも、ただ人を集めただけでなく、相撲を取ったということは、よりいっそう地面を強く踏み固めることになっただろう。というのも、

「相撲は、大きな体軀《たいく》をした人たちがぶつかりあったり、四股《しこ》を踏んだりしていますけど、それはつまり、しっかりと地面を踏み固めていることを意味しているんですね」

萌花が確認するように聞くと、

「そういうことです――」桜咲は頷いて、補足説明をする。「そうして相撲の強い人間が集まっていたら、もし相撲好きの河童が襲い掛かってきても、返り討ちにすることができます。つまり、水害が起きても安易に崩壊しないような、強固な地面を造ることができる、というわけです」

「あっ。もしかして、河童の相撲好きという特徴は、『相撲に強い人間を集めれば、河童に負けない』――つまり水害が起きないという、水害防止策を意味しているんですか？」

「私は、そう考えています――」

桜咲は、あくまで個人の見解であることを示しながらも、その目は自信に溢れてい

て、

「実は、この勧進相撲は、富岡八幡宮だけでなく、他に、ここから三㎞ほど隅田川を遡《さかのぼ》った所にある『回向院《えこういん》』という寺院でも、多く開催されていました」

「えこういん……」聞き馴染みのない名前に、萌花は口に出しながら、スマホのマップで位置を確認してみた。それは確かに、ここから隅田川に沿って三㎞ほど北に位置していた。

と同時に、萌花は気付いたことがあった。

「回向院って、両国駅《りょうごく》のすぐ近くじゃないですか。現在の相撲の聖地・両国国技館の近くにあります」

隅田川の東岸にある両国駅を挟むように、南に回向院、北に両国国技館があった。両国国技館は、言うまでもなく、現在の相撲の聖地となっている場所だ。

すると桜咲は楽しそうに、

「そもそも、初代の国技館は、この回向院の境内にありましたからね」

「え、そうなんですか？」

「ええ。ちなみに、二代目の国技館は、そこから五〇〇ｍほど北、隅田川の西岸の蔵《くら》前《まえ》にありました。現在の国技館は三代目――両国国技館としては二代目になります」

萌花はすかさず、地図で蔵前を確認する……というか、確認するまでもなく解ることがあった。

「……すべて、隅田川の近くに建てられたんですね」

「そうです。いわば相撲の聖地は、水害に対して不安定な土地ばかりなんですよ」

「それは、意図的に、河童が棲んでいる場所を狙った――水害が起きやすい場所を狙った、ということなんでしょうか？」

「少なくとも、回向院と富岡八幡宮は、意図的だったのではないかと思います――」

桜咲は、自分の足下を踏みしめるように立ちながら、

「力士や江戸っ子たちは、こうして大勢で集まって地面を踏み固めながら――河童を退治しながら、埋立地や川の傍《そば》での水害を防ごうとしていたのでしょう。そういう意味では、相撲は江戸東京の基礎を築いた――日本の中心を固めた『国技』と呼ぶに相応《ふさわ》しいものなのだと、私は思っています」

そんな台詞を、飄々《ひょうひょう》と言ってのけた。

こんなこと、民俗学を勉強していなければ、考えもしなかっただろう。

というか、「相撲はなぜ日本の国技と呼ばれているのか？」と聞かれたときに、「日本の首都の地盤を踏み固めたからです」なんて答える人は、きっと日本中で桜咲しかいないだろう。

……いや、まぁ、今後はもう一人増えるけど。

そんなことを思いながら、萌花はふと、気になったことを聞いていた。

「ということは、江戸時代、本所深川に見世物小屋が多く建てられたというのも、同じ理由で説明が付きそうですね」

「もちろん、河童退治を狙ってのことでしょう——」

桜咲は自信ありげに頷きながら、

「このように、土地が不安定な所で敢えて娯楽のイベントを開催して、多くの人を集めて地面を踏み固めるというのは、昔に限らず今現在も行われていますからね」

「今現在もですか？」と呟きながら、萌花は考える。

埋立地にある、人を集める娯楽施設やイベント会場……。そう考えて思い付いたものは、片手では足りないほど多かった。

「ええと、お台場《だいば》とか、東京ビッグサイトとか、幕張《まくはり》メッセもそうですよね。あとは、羽田《はねだ》空港もそうですか。あと、オリンピックの会場もそうですし……あとは、東京ディズニーランドもあります」

「そうですね——」

桜咲は大きく頷いて、

「きっと姉さんに聞いていたら、屋内スキー場の『ザウス』と答えていたでしょうけど」

「屋内スキー場？　……西武球場前駅《せいぶきゅうじょうまええき》にあるやつじゃなくてですか？」

「あれは狭山《さやま》スキー場ですね。昔、南船橋《みなみふなばし》駅の前に、そういう施設があったんですよ。もう二〇年前に閉業して取り壊されてしまっていますが」

「私が生まれる前ですね……」

「そうなんですよね……」

　この話を振った桜咲自身が、なぜか少し傷付いているようにも見えた。

「さて、気を取り直して――」

　と桜咲が言う。やはり、気を取り直さないといけない状態だったようだ。

「このようなレジャー施設やショッピングモールを、まず最初に埋立地に建設することで、多くの人に来てもらって地面を踏みつけてもらうことができます。そのこともあって、たとえば東京ディズニーランドでは、東日本大震災のときも、園内では液状化現象が起きなかったと報告されています」

「さ、さすがですね」

　萌花は驚きと感嘆が入り混じって、声に詰まっていた。

　ディズニーランドがある浦安《うらやす》市については、液状化した住宅地がニュースで何度も流れていた。当時まだ小学校低学年だった萌花も、ディズニーランドのある街がびしょびしょになっているという光景は衝撃的で、記憶に残っている。

「ディズニーランドに関しては、建設当時の最高峰の技術を惜しみなく使っている、ということも理由のようですが、元々の地盤が緩い沿岸部の埋立地では、やはり地面を大勢で踏みつけてきたということは効果があるのだと思います。一人でも多くの人が、園内を満遍なく歩き回るようになっていたのだと」

「そういうことを言われると、ついディズニーランドに行きたくなっちゃいますね」

萌花が冗談めかして言うと、

「ええ、ぜひ行ってください――」

すごく真面目な顔で返されてしまった。

「ディズニーランドは、国や浦安市や運営会社、そしてキャスト一人一人だけでなく来園者の一人一人まで、関係者全員がみんなで『ここは夢の国なんだ』という共通認識を持っているのだと思います。だからこそ、震災が起きたときも、誰もが夢を壊さないように、冷静に、その『国』の秩序を守って行動していたのだと――」

桜咲は、真剣な眼差しで語る。

「そのような心掛けをみんなが持っている、というのは、災害対策としても最高の心構えになっているというわけです。楽しい時間や空間を守りたいというのは、これ以上ない原動力になりますからね」

そう言って、桜咲は楽しそうに微笑んだ。

5

門前仲町駅の出入口から西へ進んで行くと、今回の目的地——佐賀がある。

「江東区佐賀は、西が隅田川に面していて、東は、この大島川西支川《おおしまがわにししがわ》を基本の境界としています。そして、北は仙台堀川、南はこの永代通りを境界としています——」

永代通りに架かる橋——福島橋《ふくしま》という橋を渡りながら、桜咲が説明していた。この辺りは江戸時代の埋立地のはずなので、この大島川西支川も人工の堀なのだろう。明暦《めいれき》の大火という大災害を受けて、隅田川の対岸にも逃げられるような橋を架け、そして人々が住めるようにした。そのために干拓と埋め立てによって造られたのが、深川を含む江東区の大部分の土地だ。ということを萌花も予習してきていた。

橋の途中、南を見ると月島《つきしま》のビル群が、北を見ると墨田区の東京スカイツリーが見えた。

あの月島も、元は『築島』と書き、文字通りに人の手で築き上げた島——埋立地であることを示している。佃煮《つくだ》で有名な佃島《つくだじま》にくっ付ける形で、埋め立てた島だ。

ちなみに、川向かいにある『築地』も、語源は同じ——埋立地であることを表している。

……そういえば、この近くには『有明』もあるんだよね。佐賀に有明……わざと勘違いさせようとしたら、椎名さんじゃなくても騙《だま》されちゃうかも。ただ……

「正直、この堀とかを見ても、ヴェネツィアっぽさは感じないです」

萌花は素直に感想を呟いた。ヴェネツィアの写真で見るような、家の間をゴンドラで抜けていくという光景には程遠い。当然と言えば当然なのだけど。

「江戸時代の深川絵図を見ると、大仰《おおぎょう》にいうならイタリアの水都・ベネチアにも匹敵するほどに思われる。……池波正太郎《いけなみしょうたろう》は、作中でこう称しているんですけどね」

「池波正太郎って、確か、歴史小説を書いていた作家ですよね？」

「ええ。『鬼平犯科帳』などが有名ですが、その『鬼平犯科帳』の中に、今の文章が出てくるんです」

「ん？　江戸時代の話なのに、ヴェネツィアが出てくるんですか？　江戸時代にはヴェネツィアが認知されていたんですか？」

萌花が聞くと、桜咲は少し可笑《おか》しそうに微笑んで、

「そうですね。江戸時代でも、ヴェネツィアのことは認知されていたはずですよ。江戸幕府が開かれる直前でも、キリシタン大名が派遣した天正遣欧少年使節《てんしょうけんおうしょうねんしせつ》がヴェネツィアを訪問していますし、日本に入ってくる商人や宣教師からも、ヴェネツィアの情報は聞いていたかと思います――」

そう律義に答えながら、

「それとは別に、歴史小説は、過去のことを小説にしながら、地の文では現代の話や知識などが差し込まれることがあるんですよ。たとえば、旧国名に合わせて『現在の何々県にあたる』と説明されていたりすると、そこにさらに『この県の名産は○○《まるまる》だが、それが誕生したのは何年なので、この当時はまだ存在していない』みたいに語られることもあったりします」

「そういえば、司馬《しば》遼太郎《りょうたろう》の小説を読んでいたら、そういうこともありました」

桜咲は頷いて、

「実は、池波正太郎と司馬遼太郎は、いずれも一九二三年生まれの同い年です。なので、二〇二三年は同時に生誕一〇〇周年になりますね」

「へぇ。何だか妙な縁があるみたいで面白いですね。もしかして、そういう年代的なブームがあったんでしょうか?」

「うーん、どうでしょう」桜咲は首を傾げながら、「その他に、『沈黙』などで有名な遠藤周作《えんどうしゅうさく》も一九二三年生まれですが、自分の知る限り、彼の書く歴史小説にはそういう特徴はなかったような……」

——自分の記憶違いかもしれませんが。

と、桜咲は律義に注釈を入れていた。

遠藤周作の『沈黙』は、萌花も読んだことがある。

九州・長崎の潜伏キリシタンと宣教師が、江戸幕府による厳しい弾圧に苦しみながらも、己の信仰を守り、潜伏し、沈黙し続けていた……

あるいは――

信徒たちの『エリ、エリ、レマ、サバクタニ（主よ、主よ、どうして私を見捨てられたのですか）』という嘆きに対して、神はただ沈黙を続けた……。

萌花には、どのような解釈が正しいのかは解らないけれど、いろいろと考えさせられる、苦しい話だった。

「それにしても、一九二三年生まれ、凄いですね」

萌花は思わず、語彙力を失ったような感想を述べていた。

「そうですね。そしてその年には、災害伝承を学ぶ者として忘れてはいけない出来事も起こっていますからね」

「関東大震災、ですね」

一九二三年の九月一日に発生した、関東大震災。

これもまた、二〇二三年に一〇〇周年を迎える出来事だった。

「私も微力ながら、風化させないために頑張りますよ――」

桜咲は、決意を込めたように頷いて、

「もちろん、一〇〇年経っても風説の流布はさせませんし、風評被害も起こさないようしっかりと事実を伝えていきます」

座右の銘でもある『三つの風』を、力強く宣言していた。


「さて、着きましたよ――」

萌花の先を歩いていた桜咲が、脇道の先を指さしていた。

そこには、コンクリートのビルに埋もれるように、瓦葺《かわらぶ》きの屋根と白塗りの土壁が映えている和風建築の店があった。

そして、その店舗の奥側には、立派な土蔵も建てられている。入口は表側には見当たらないので、店舗側からしか入れないようだった。

「あそこが、岩瀬堂薬局です」

薬局の明かりは点《つ》いておらず、店内は暗かった。日曜日は定休日に当たるため、のれんも仕舞ってある。丸印に薬が書いてある日除《ひよ》けのれんは、一見してここが薬局であることを表していた。これが表に掛かっていたなら、まさに時代劇にも描かれているような江戸時代の光景になっただろう。そののれんに、『処方せん受付』とも書かれているのは、別の意味で時代を感じた。

「この横の道から、自宅の勝手口に回れるそうです。そちらから入るようにと」

桜咲の先導に従って、横道を通って店の裏側に回り込んだ。そこには、シャツにジーンズというラフな格好でこちらを見つめている男性の姿があった。

年齢は三九歳と聞いていたのだけど、やつれたかのような細身の身体と、落ち窪《くぼ》んでいる目を見ていると、いっそ五〇代にも思えてしまうほどだった。

「桜咲先生と、助手の方ですね。はじめまして。岩瀬玄視です」

男性が挨拶と共に自己紹介をしてきた。声は息が混じったように小さく、まるで息切れしているかのようにも思えた。背筋が丸まっていて、しきりに辺りを見回している。見るからに人目を気にしている様子だった。

「はじめまして、桜咲です。そしてこちらは……」

「まずは中に入ってください。話はそれから」

萌花のことが紹介される前に、玄視は勝手口を開けて中に入るよう促してきた。有無を言わせないような態度に、萌花と桜咲は気圧《けお》されるように中へ入っていく。

建物の中は、草や木の匂いにあふれていた。家屋の木材の匂いだけでなく、薬の匂い。

岩瀬堂薬局は、日除けのれんにあったような調剤薬局としての業務だけでなく、保険対象外の漢方薬も扱っている、という話だった。この匂いも漢方薬のものだろうか。

玄視が足早に店舗の中を進んで行く。萌花と桜咲が彼を追っていくと、廊下の奥に、土扉が閉ざされているのが見えた。蔵の扉だ。閂《かんぬき》と一体化した形の、重厚な錠前が掛けられている。どうやら、店と土蔵とが一つの建物として繋がっていたらしい。

玄視は扉の手前で立ち止まると、聞こえよがしに大きく溜息を吐いて、

「急《せ》かすようなことをしてしまって、申し訳ございません。どうしても、今回の件は人に知られるわけにはいかないものですから」

そう言いながら、深々と頭を下げてきた。

「いえいえ。誰しも事情はおありでしょうから――」

話を進めるのは、桜咲。萌花はその様子を、少し引いた感じで見つめる。

「改めまして、私は桜咲竜司です。今回は、私の専門である災害伝承に関連して、こちらに保管されている河童のミイラについて、調査をさせていただくため訪問いたしました。そして、こちらは今回、助手を任せます梅沢といいます」

「あぁ、そういえば自己紹介も遮ってしまいましたね」玄視はバツが悪そうに苦笑して、「私は、この岩瀬堂薬局の八代目店主・岩瀬玄視です」と深々とお辞儀をしてきた。元から背筋が丸まっているため、頭を下げると必然的に深々となってしまうのかもしれない。

「よろしくお願いいたします。梅沢萌花と申します」

萌花も、丁寧なお辞儀を心掛けながら返した。

「梅沢さんは、私の助手として、私と同様の守秘義務を負っていますし、その義務を必ず全うしてくれる人間です――」

桜咲が萌花を持ち上げて……というより信頼をしてくれている。

萌花は思わずこそばゆくなる、と同時に、その信頼に応えなければと心に刻む。

「と同時に、助手とはいえ、その洞察力には目を瞠《みは》るものがあります。玄視さんに直接質問をすることもあると思いますが、どうかご対応していただけますようお願いいたします」

そこまで言われてしまうと、萌花は頬が緩んでしまった。慌てて口元を引き締める。

「それは、はい、もちろんです。現状を変えてくれる可能性があるのなら、是非にも」

簡単な紹介を終えたところで、桜咲が話を進めた。

「河童のミイラは、この蔵の中にあるのですか？」

「はい。この土蔵の奥に、ずっと保管され続けています」

「蔵から出したことは？」

「ありません。正確には、私の知る限りではということになりますが、父も祖父も出したことはないと言っていましたし、誰かが出したという話を聞いたこともないそうです。置かれている場所も、そうそう持ち出せるような状況ではありませんし、そもそも、このミイラの存在を知っている人だけでも相当限られますし」

つまり、単純計算で一〇〇年近く遡っても、河童のミイラが外に出たことはないということになる。もちろん、玄視の言っていることが真実ならば、という留保が付くけれど。

「となると、蔵自体も相当古いことになりますね」

「そうですね。それこそ、八〇年前の空襲にも一〇〇年前の関東大震災にも耐えてきた物ですから」

「こちらの創業は、江戸時代、約二〇〇年前ですよね。この蔵も、その頃からあったのでしょうか？」

「祖父が言うには、店の建物もこの蔵も、二〇〇年前に建てられていて、それから変わっていないということです。……もっとも、店の方は内装や耐震補強のリフォームなどもされているんですが、それでも基礎は二〇〇年前から変わっていないはずです」

玄視は、どこか誇らしげに、力強く頷いていた。

「玄視さん。河童のミイラが秘密裏に管理されていたということは、この蔵は、常に鍵が掛かっているということですね」

桜咲が聞いていた。その様子は、まさに探偵のように見えてしまった。

「はい。常に鍵を掛けてあります」

「もちろん、娘さんも入ったことはないんですよね？」

「そうなんです……」

玄視は、力無く肯定して、

「正直に言うと、私も最初は、娘が勝手に土蔵に入って、河童のミイラを触ったんじゃないか、それで何か変な菌でも付いてアトピーになってしまったんじゃないか、と疑ったこともありました。ですが、ご覧のように、この土蔵はしっかり施錠されていますし、その鍵の保管場所も、私しか知らない上に、子供の手では届かない位置に隠しておりましたから、物理的にそれはあり得ないと」

「つまり、娘さんがアトピーになってしまったのは、本当に河童のミイラとは関係ないということですね」

「もちろんです――」

玄視は力強く断言すると、一変、泣き出しそうな顔になって俯き、

「……だからこそ、根も葉もないデマが、本当に許せないんです。こちらが反応してしまうと、『必死になるのは怪しい』とか『よほど都合が悪いようだ』とか言ってきますし、結局、何も言わない方が飽きてくれて早く風化するんじゃないか、とも思っていますし」

それは、デマに直面している人にとっての、率直な感想なのかも知れない。言葉を選ばなければ、諦めの感情が強く感じられる。

「そして場合によっては、その風化に合わせて、河童のミイラを手元から処分してしまおうと？」

「そう、ですね。うちに河童のミイラがあるから叩《たた》かれるというなら、河童のミイラを無くしてしまえばいい……なんていう単純な思考です——」

玄視は自嘲するように息を吐いて、

「それでも、そう簡単に処分なんてできませんからね。まずは桜咲先生たちにしっかり調べていただいて、その先はまたそれから考えますよ」

「私も、良い結果が出ることを祈っています。こればかりは、私が良い方向になるよう捏造《ねつぞう》するわけにはいきませんからね——」

桜咲は、相変わらず笑いづらい冗談を言うと、表情を真面目なものに切り替えて、

「では、行きましょう。扉を開けてもらってもよろしいですか」

玄視は鍵を取り出して、錠前を開けた。閂と一体化しているそれを抜き取って、扉を観音開きにする。

すると、奥にもう一つ扉があった。金属製の、格子状の引き戸。影の中に浮かび上がる黒塗りのそれは、まるで牢屋のような印象を持たせる。

……まるで、密室。

場違いにも、萌花はそんなことを思った。

玄視は続けて、引き戸の手前にある留金も外して、ゆっくりと横に引いていった。キィィ、と甲高い音が響き渡る。錆《さ》びてしまっているのかもしれない。

玄視が先に中に入ると、パッと電気が点けられて明るくなった。配線がむき出しになっている蛍光灯が、天井から下げられている。

蔵の中は、予想外にも、日用品ばかりが積まれていた。片隅には家庭用の筋トレ器具まで置かれている。

「薬の原料や、調薬の道具が置かれているわけではないんですね」

桜咲の質問に、玄視は苦笑しながら、

「現在は、ほぼ私用で使っているだけですね。正直、薬の原料にしても、大量に仕入れて保管するよりも、その都度仕入れた方が便利で安全ですから」

「なるほど。そういう時代なんでしょうね」

玄視を先頭にして、数々の日用品の間を縫うように奥へ向かう。

蔵の奥には、大きな木箱が何段も積み重ねられ、壁一面を埋め尽くしていた。

あの木箱の中の一つに、河童のミイラが入っているのだろうか？

そう思って見上げていると、玄視がおもむろに木箱の一つに手を掛けた。向かって右下に置かれている木箱。だけどその上には、別の木箱が天井ぎりぎりの高さまで積み上げられている。

いったいどうやって取り出すつもりなのか……。

そう思った矢先、玄視が手を掛けていた木箱は、スッと軽く引き抜かれていた。

「この木箱だけ、軽く抜き出せるようになっているんです。上に物が積まれているように見えますが、実は棚になっていて、この木箱にはまったく重さが乗っかっていません」

「なるほど……。推理小説などでは見たことがありましたが、実際に活用できることがあるんですね――」

桜咲は感心したように呟いて、玄視から木箱を受け取った。

「……軽いですね」

その言葉を聞いて、萌花も木箱に手を伸ばしていた。桜咲が落とさないように支えてくれた上で持ってみると、木箱自体の重さが結構あって、さらに大きさもそれなりにあるため、小柄な萌花が持つにはちょっと大変だった。とはいえ、確かに予想していたよりは軽く感じた。まるで空箱だ。

「それは空箱です――」

玄視は少しからかうように笑うと、

「本命は、こちらですよ」

と、木箱を抜き取ったことでできた五〇㎝四方ほどの穴を指し示した。

萌花もそこを改めて見てみると……「あっ⁉」裏側に空間があるのが見えた。「隠し部屋、ですか」

玄視は頷いて、

「ここを潜《くぐ》ることになります。あまり、綺麗とは言えない場所ですが」

そう言って、先に埃《ほこり》やゴミを払うようにしながら潜っていった。

「ではお先に」と、桜咲も続く。

……スカートで来なくて、本当に良かった。ありがとう椎名さん。

萌花は心の中でお礼を言いながら、続いて潜っていった。

木箱の壁を通り抜けた先は、蛍光灯による光が漏れてきていて、十分に明るかった。想像していたより広い。奥行きが七〇㎝くらいあった。腹這《はらば》いで抜けた状態からでも、起き上がるには十分な広さだった。

ただ、立ち上がってみると、その印象は変わった。

見通しが悪い。桜咲は背中を丸めるようにして立っている。

天井が低いのかと思ったが、それは少し違っていた。天井に向かうにつれて、三角形を描くように細くなっていたのだ。

よく見ると、蔵の壁が斜めになっていた。上に向かうにつれて手前に倒れてきていて、一七〇㎝を越えた辺りで、幅が頭部と同じくらいまで狭まってしまっている。

「この壁、斜めになっていますけど、倒れたりしないんですか？」

萌花が思わず不安になって質問すると、玄視はどこか得意げに答えた。

「それは大丈夫です。この壁は、外側はちゃんと地面と直角になっていて、内部だけが斜めになっているんです。要は、普通の土蔵よりも厚手の壁を造った上で、内部を斜めにしているんです。それに、前にも言ったように、関東大震災にも耐えた代物ですから」

「なるほど――」

納得すると同時に、新たな疑問が湧いてきた。

「つまり、この土蔵は、最初からこの隠しスペースを置くことを前提として建てられた、ということですね」

「恐らくは、そうです」

「それは、つまり……」

萌花は質問を続けようとして、止《や》めた。萌花が質問しようとしたことの答えは、視線の先に置かれていた。

いったい何のために、こんな構造の蔵が建てられたのか。それは……。

「あの河童のミイラを隠すために、です」

玄視はそう言って、萌花と桜咲にも見やすいように、身体を避《よ》けてみせた。

そこに、透明なケースに入れられた河童のミイラが、置かれていた。

一目見たとき、裸の子供が身体を丸めて、横を向きながら寝ているようにも見えた。ただ、明らかに全身が干からびているので、当然ながら生きているようには見えなかった。

幼稚園児くらいの大きさで、骨格はヒトに似ている。手足を折りたたんでいて、まるで寒さに耐えようとしているような格好にも見えた。

一方で、「これはヒトではない」と思える特徴がいくつもあった。

まずミイラの顔は、ヒトではない――哺乳類でもない感じだった。

パッと脳裏に浮かんだのは、『遮光器土偶』だった。特に目の位置と大きさが明らかにヒトとは違っていて、むしろ両生類――カエルに似ているようにも思えた。眼球は残っていないが、ポッカリ空いた眼窩《がんか》が、かえって自分のことを見つめているような気分にさせられる。

また、ミイラの手にも足にも、指の間に皮膚の膜が張っていた――水かきだろうか。

何より、その皮膚が特徴的だった。

このミイラの身体は骨が浮き出しているものの、全身の皮膚が残っていた。そしてそこには、トノサマガエルを思わせるような、黒ずんだ斑《まだら》模様が浮かんでいたのだ。

さらに、その肌には、まるで表面を削り取ろうとしたかのような、擦り傷の痕がいくつも刻まれていた。

それはまさに、河童の万能薬に関する伝承を裏付けるかのように。

「このような模様のあるミイラは、私も初めて見ました――」

桜咲は、瞬きを忘れたみたいに河童のミイラを凝視し続けていた。

「生前の河童の絵としては、確かにこのような斑模様の皮膚をした河童が描かれることはあるんです。各地の河童の図や証言をまとめた『水虎考略《すいこうりやく》』という本にも、斑模様の皮膚をした河童の絵が多数あります」

――ああ、『水虎』というのは、原則として河童と同じと考えてもらっていいです。細かく言うと違いがあるのですが、今はそこは関係ないので違いを無視して結構です。

と補足を加えながら、桜咲は早口になって語る。

「カエルやサンショウウオなどの両生類が河童のモチーフとされている場合には、肌がヌメヌメしていて、トノサマガエルのような斑模様や、いわゆるイボガエルのようなイボが付いている場合も多くあります。ただ、そのような河童の目撃証言がある地域でも、いざミイラになると、みんな肌が綺麗になってしまっているんです」

「そ、そうなんですね……」

玄視が、見るからに引いていた。

そこで、ここは萌花が助手として、桜咲の話の軌道修正をしていく。

「先生。私には、この皮膚が作り物だとは思えません。何らかの生物の皮膚が使われているような感じに見えるんですが」

「そうですね……」桜咲は、河童のミイラの入ったケースに顔を近づけて、「私も、この皮膚はれっきとした生物の皮膚を使っていると思います。と言っても、私は生物学的な知見を持っているわけではないので、正確な調査をしてみないと判りませんが」

するとと玄視が、肩をピクッと震わせて、

「科学的な調査、ですか……。そんなことをしてしまったら、『これは河童ではない。作り物である』ということが決定付けられてしまいますよね」

消え入りそうに震える声で言ってきた。

「そうですね――」

桜咲は断言をした。それを聞いた玄視の肩が、また震えた。

「私は、災害伝承を研究する者として、河童は実在の動物・生物ではなく、作り物である、と考えるようにしています。水難事故や洪水を象徴し、それを後世に伝えるための、物語の登場キャラのようなものだと」

「それは、先生の立場なら、妖怪の話があるだけで仕事になるんですから、作り物であっても気にならないでしょうけど……」

「それは少し違いますよ」桜咲は、優しく諭すように言う。「作り物であることと、ニセモノであることとは、同じではありません。河童の伝承を残した人は、別に嘘を吐いたり騙したりしようとしていたわけではないのですから。あくまで、妖怪という作り物の存在を利用して、現実に起きた過去の災害について教えてくれているんです」

——もちろん、まったく嘘の妖怪を使って嘘の災害を伝承していたとしたら、それはまた別問題ですが。

そう注釈を入れてから、桜咲は話を続ける。

「重要なのは、その伝承が、なぜ作られて、なぜ残されて、そして何を伝えようとしているのか、という点にあります。それは言葉や文字で残されてきた物だけでなく、今回の河童のミイラのように、代々大切に保管されてきた物についても同じことです」

「……なぜ、作られたのか」

玄視は、噛《か》みしめるようにゆっくりと繰り返し、河童のミイラを見つめていた。

「一つ、例え話をしましょう——」

桜咲は、畳みかけるように話しかける。

「東日本大震災の津波被害では、多くの慰霊碑・鎮魂碑が建てられています。それらの碑の多くが、その地で津波がどこまで到達したかという水位も示していたり、逆にその地点まで逃げた人は無事であったということを示したりもしています。そのような碑に対して、『死者の霊や魂は科学的に存在が証明されていないんだから、慰霊や鎮魂という言葉は非現実的だ。この碑は嘘を書いている。だから壊してしまえ』という人がいたとしたら、おかしいと感じませんか？」

「それは、確かにそうですね……」玄視は頷いて、「仮に霊や魂の存在が科学的に証明できていなくても、その碑は、過去に災害があったことや、どうすれば助かるのかを伝えているんですから」

「はい。それこそがまさに、私が研究している災害伝承というものなのです――」

桜咲は満足げに頷いて、

「なので、仮にこの河童のミイラが科学的にニセモノであったとしても、民俗学的な価値は変わりません。……まぁ、そもそもこのミイラに価値が有るのか無いのか、という部分は、これから調べないと判らないのですが」

「あぁ……。価値は変わらないけど、元々が無価値だったら無価値のままだ、ということもありうるわけですね」

玄視は苦笑混じりに溜息を吐いていた。ただ、その表情を見ると、先ほどよりも余裕を持てているようにも思えた。

すると、桜咲が対照的に、厳しい目で河童のミイラを見つめていた。

「正直なところ、私は、この河童のミイラに関しては科学的な調査をしたい……むしろする必要があるように思っています。この皮膚の模様は、他には無いものですから」

そんなことを言われてしまうと、萌花もますます気になってくる。

痣《あざ》のようにも見えるし、伝承にあったようにミイラの身体を削ったようにも見える。

パッと見ではアトピーのようには見えないけれど、『皮膚に異変がある』という話では共通しているとも言える。

このようなミイラが世に出てしまったら、間違いなく、白羽のアトピーと関連付けられてしまうだろう。玄視の不安も、杞憂《きゆう》とは言い切れないのだ。

そう思いながら河童のミイラを観察していると、

「実は……」

と、玄視が言いにくそうに説明を加えた。

「この河童のミイラは、存在を秘密にしているだけでなく、秘密にされている伝承もあるのです。それは、この河童のミイラには、絶対に直接触れてはいけないということ――」

苦しそうな声を絞り出すように。

「河童のミイラに、祟られてしまうから、と」

祟られる……。その言葉が、白羽に向けられているという言葉と重なっていて、萌花は胸が痛んだ。

それこそ、もし河童のミイラの存在だけでなく、この祟りの話まで広まってしまったら、白羽はいっそうからかわれるようになってしまうだろう。

それに、岩瀬堂薬局への風評被害も免れないだろう。

「このミイラを囲う透明のケースも、下手に触らないために設けられているそうです。現在のケースは、先代——私の父が二〇年ほど前に作り直したのだと、引き継いだときに聞きました」

「そのときは、祟りは大丈夫だったのですか？」

「はい。古いケースの台座だけはそのまま残して、台座ごと新しいケースで囲っています。もし私がケースを作り直すことになっても、同様にすれば大丈夫と。実際、父は今も元気ですし」

「具体的には、どのような祟りが伝わっているでしょうか？」

「私が聞いているのは、このミイラの肌のように、痣というかシミというか、普通の薬では治らないような症状が出てきて、やがて高熱にうかされるようになって、死に至る、と」

「このミイラの肌のように、ですか……」

桜咲は悩ましげに眉を寄せながら、

「それは、妙ですね」

と呟いた。

「みょ、妙とは、どういうことでしょう？」

玄視は不安を露《あら》わにしたように、震えた声で聞いていた。

「その祟りというのは、言い換えれば『毒』ということになるかと思います。ですが、そもそもこの河童のミイラは、身体を削って塗り薬にすれば、打撲、切り傷、膿の排出にも効く万能薬となり、肌が綺麗になる、という伝承があるわけですよね。祟りの症状と真逆です」

「確かに、矛盾しているんですよね……」

玄視は、何かを考えあぐねているように首をひねりながら、「うーん」と俯いていた。

薬であり、毒である……。聖と邪が入り乱れているような関係……。

そう考えたとき、ふと萌花は思いついたことがあった。

「あの先生。それって、怨霊を祀る神社についてと同じように考えることができないでしょうか？　怒らせないよう祀っていれば守護者となり、怒らせてしまったら怨霊となって襲われる、みたいな二面性を表していると。つまり、災害を巻き起こすような怨霊を鎮めるために、神として祀ることで正しく防災に役立てている、みたいな話です」

「確かに、私もその可能性は考えました。本来は毒である河童のミイラも、正しく扱えば薬になる、みたいな話もありえますから」

　すると玄視が「あぁなるほど」と声を上げて、

「薬学の話として、たとえ薬であっても、用法・用量を守らなければ身体に悪い――いっそ毒になる、ということがあります」

「なるほど。テレビＣＭなどでもお馴染みの注釈ですね」

「はい。それとは逆に、毒物をごく少量使うことで、別の毒を打ち消すような薬にする、というものもあるんです。他にも、たとえばトリカブトの毒の成分であるアコニチンに合わせてフグ毒のテトロドトキシンが投与されると、テトロドトキシンがアコニチンの作用を阻害して、毒の効果がしばらく出なくなる、ということもあります。もっとも、アコニチンとテトロドトキシンの半減期が異なるので、いずれアコニチンの作用が出てしまうことになるのですが」

　薬と毒の話になって、急に饒舌《じょうぜつ》になる玄視。それは、桜咲が災害伝承について語るときと似ているように感じられた。専門家というものは、基本的に語りたがりの教えたがりなのかもしれない。

　案の定というか、桜咲も本領発揮する。

「ならばこの河童のミイラも、毒とならないように薬としての正しい使い方を説明したものか……。というと、恐らくそうではないんですよね」

「え？」——萌花と玄視の声が重なっていた。

「今回の伝承については、根本的な問題があります。というのも、この河童のミイラが祟るのは、『ミイラに触れた』ときということですが、逆に、河童のミイラが薬になるのは、『ミイラの身体を削った』ときなんですよ」

「ああ……」萌花も気付いて、思わず苦笑混じりの声が漏れた。「薬にするときの方が、毒になるときより扱いが酷いですね」

「そういうことです。というか、そもそもミイラに触れないとミイラを削ることができないのですから、薬にするためにいったん毒を喰らわないといけない、という本末転倒な状況になっているわけです」

桜咲の説明に、玄視も「なるほど」と深く納得していた。

ここで桜咲は、萌花と玄視に向かって、

「ここまでで、何か質問とか、気付いたこと、気になったことなどはありませんか？」

まるで講義をしているように聞いてきた。

「気付いたこと……」

玄視は桜咲の言葉を繰り返すように呟くと、ふと、何かを言おうとしたのか口を開いて、だけどそのまま、何も言わずに俯いてしまった。明らかに、何かある様子だ。

「玄視さん、何か気付いたことがあるようですね——」

桜咲も察したようで、優しく問いかけていた。

「大丈夫ですよ。私も梅沢も、非常に口は堅いですから」

そう力強く断言する桜咲。

かくいう萌花も、口の堅さには自信があるので、玄視の目を見つめながら頷いてみせた。

だが、玄視は一向に黙ったままだった。とはいえ何かを隠していることは間違いなく、しきりに桜咲や萌花に不安げな視線を送ってきている。

「では、私の方から、推察を語らせていただきます――」

桜咲は淡々と、

「この岩瀬堂薬局に伝わる『河童の万能膏』は、まさに、表に出せないような怪しい薬の隠語として使われていたのではないか？　……すなわち、麻薬の密売をしていた可能性についてです」

「っ⁉」

予想以上に衝撃的な告白を受けて、萌花は思わず声が出なかった。

一方の玄視は、「ぐっ」と喉を詰まらせて、かと思うと弾かれたように顔を上げて、

「ご、誤解しないでくださいね。私もただ、そう疑っているというだけです。確証は無い。確証は無いんです……ですが、そう考えると、このミイラに関する伝承がすべ

て合理的に説明できてしまうんです」

玄視は一気に語って、そのまま黙りこくってしまった。

その代わりとでも言うかのように、桜咲が語る。

「確かに、ミイラの存在をひたすらに隠そうとするのは、まさに密売を表していると考えられます。その身体を削って粉にするのは、この肌の部分に麻薬の成分を塗り込んでいるとすれば説明が付きます。触ったら祟りがあるというのも、麻薬の成分によるバッドトリップだったとすれば納得できるでしょう」

その説明に、玄視は小さく頷いていた。そしてぽつぽつと語り出す。

「毒であり薬である、という矛盾したような話も、たとえばモルヒネは古くより鎮痛剤として使われてきましたが、その原材料はケシ——つまり麻薬です。まさに毒と薬が混在しているような物ですし、薬屋が扱っていてもおかしくないわけです」

「つまり、『河童の万能膏』というのは麻薬の隠語である、と考えられるわけですね」

「『万能膏』なんて言っているところが、まさに麻薬の売り文句みたいじゃないですか。何でも治る薬……と見せかけて実は『何でも治ったかのように錯覚していただけ』というわけですよ」

玄視は箍《たが》が外れたように早口で語り、そして自嘲するように「ふっ」と鼻を鳴らした。

「そう考えると、『切り傷、打ち身、腫物、膿出し』に効くという話も、合理的な説明はできますね。『すべて麻薬による幻覚だった』と」

「そういうことです。何でも言いたい放題ですよ。だって、何でも治ったように錯覚できるんですから――」

玄視は今にも泣きだしそうな顔で、

「そんなことをしていたから、今回ついに罰《ばち》が当たったんじゃないですかね……はは」

と皮肉を吐き捨てて自嘲していた。

娘の白羽がアトピーになったことで自虐的になっているのだろう。よほど参っている様子だった。

萌花は心配になって声を掛けようとしたけれど、何を言っていいのか解らない。

すると、桜咲が言った。

「ですが、この説は間違いです」

力強く、断言していた。

「え？」――再び萌花と玄視の声が重なって、揃って桜咲の顔を見やっていた。

「もし、この伝承が麻薬密売を説明したものだとすると、いくつか不合理な点が生じるのです」

「そうなんですか？」萌花は思わず疑問を呈していた。「私、今の説明で納得してしまいそうでしたけど」

「納得はできると思いますよ。伝承を説明するだけなら、合理的な内容ですし」

「えぇと、どういうことですか？」

「先ほどの説明は、既に完成されている伝承を解釈する、という意味では合理的なんです。ですが、視点を変えて、どのような経緯でこの伝承が語られるようになったのか、ということを推察すると、途端に破綻を起こすのです」

「……つまり、さっき言っていた『伝承がなぜ作られたのか』を考えてみると、おかしなことに気付く、ということですか？」

「まさにその点です――」

桜咲は満足そうに頷いて、

「今回の件は、毒であることを『秘密にする』という話から、秘密裏に行う『麻薬密売』だったのではないか、と推察しています。これは確かに合理的に思えます。ですが、そもそもこの伝承が作られた江戸時代では、麻薬は文字通りの薬として使われていたこともあったのです」

「あっ。……それじゃあ、そもそも『秘密にする』必要がなかったんですか？」

「そうです。まぁ細かく言えば、昔から幻覚作用や快楽作用もあることは解っていたので、さすがに完全な自由ではなかったとは思われますが――」

と注釈を入れながら、

「それでも、医師免許すら無く、薬剤師免許や薬事法、麻薬や覚せい剤の取締法も無かった時代ですからね、普通に『薬』として売ることはできたわけです。それは、薬屋だったらなおのこと」

「それなのに、『河童の万能膏』という隠語を使っていたというのは、確かにおかしいですね。むしろ、そんな怪しい宣伝をしたら、もっと怪しまれてしまう気がします」

「そうなんです――」

桜咲は頷いて、

「薬屋が薬として売ることのできる物を、わざわざ『河童の万能膏』という怪しい名前で売り出すことについて、合理的な説明ができないのです。いわば、こっそり非合法的な使い方をしていることを、自ら宣伝してしまっていることにもなるわけです。現代風に言うなら、『歌舞伎町《かぶきちょう》で栽培されたマッシュルームを売っている』と宣伝するようなものでしょうか」

――歌舞伎町への風評被害になってしまうので、表では言えませんが。

と、冗談めかしたように注釈を加えた。

「ああ……」萌花は感嘆の声を漏らして、「確かに、そう考えると、わざわざ今回のような伝承が作られたりはしないですね。まさに、この伝承がなぜ作られたのかを考えると、破綻してしまうわけで」

「なので、この『麻薬密売』説は成り立ちません」

桜咲は、玄視に向き直って、力強い目で見つめながらそう断言した。

彼にしては珍しい、諸説を認めないような言葉だった。

それは、玄視を安心させる意味合いもあったのだろう。そのおかげか、玄視は少し表情を緩めて、安堵《あんど》したように息を漏らしていた。

……でも、麻薬を隠すためじゃなかったとしたら、どう考えたらいいんだろう。

萌花は思考を切り替えて、別の可能性を考えてみた。

麻薬販売は、隠す必要がなかったし、むしろ、河童の薬と称して隠した方が怪しくなる。

……なら、河童の薬と称して売る方が安全だと思われるような物を売っていた？

それは余計に酷い話になってしまいそうだった。

だけど、そうでなければ、この岩瀬堂薬局の『河童の万能膏』という伝承は、そもそも作られる意味がなかったことになる。

毒のような効用があり、かつ、河童の万能膏として売った方が怪しくない物……。

……それって、もはや毒を売っていたとしか思えないんだけど。

そんな自分の考えを、萌花は慌てて掻き消そうとする。だけどなかなか消えてくれない。

……もし、『薬』と称して実は毒を売っていて、そして、具合が悪くなった人に本当の薬を売りつけたら……なんて。

その想像は、あまりに失礼すぎる。

そう思っていると、桜咲が別の説についての説明を始めた。

「ここでもう一つ、今回の伝承について、次のような解釈もあり得ます。つまり、『河童の万能膏』と称して実は毒を売りつけておいて、そうして具合が悪くなった人に本物の薬を売りつける――いわば『マッチポンプ』説とでも呼ぶべき解釈です」

「せ、先生？」

萌花は思わず声を裏返らせていた。まさか、まったく同じことを桜咲が考えていたなんて――そしてそれを口に出して言ってしまうなんて。

萌花はつい玄視の顔色も窺《うかが》っていた。玄視は、ぽかんと口を開け、わなないていた。

「あぁ、もしかして梅沢さんも思い付いていましたか――」

桜咲は淡々と、

「ですが、これも誤りです――」

と、講義をするように丁寧に語る。

その言葉を聞いて、玄視はようやく口を閉じ、それからほっと溜息を漏らしていた。

「このマッチポンプ説も、先ほど説明したような、既に完成している伝承についての解釈としては合理的です。ですが、この解釈は、伝承の成立の過程を無視しています。実際に、こんな営業をしている薬屋さんがあったとしたら、どうなりますか？」

「あっ。そんなことをしていたら、まず最初に『あの薬屋に処方された薬を飲むと病気になる』っていう噂になってしまいます」

「そうですよね。特定の店舗で薬を買うと——しかも『河童の万能膏』と呼ばれている怪しげな薬です——そうすると、なぜか次々と具合が悪くなってしまうことになるのですから、怪しいにも程があります。こんなことをしていたら、伝承が作られる前に店が潰れてしまいます。よって、毒と薬とが並立する伝承など作られる余地がないのです」

「なるほど、ありがとうございます」

萌花は納得して、思わずお礼を言っていた。つい講義を聴いた気分になっていたのだ。そして、その気分に乗ったまま、萌花は桜咲に質問を続けた。

「あの先生、私個人は、河童が祟るとか、ミイラが祟るとかいう話は聞いたことがあるのですが、河童のミイラが祟る、という話は聞いたことがありませんでした。先生は、何か類似の事例をご存じですか？」

「そうですね。今回の伝承を検証するには、その点も確認しておく必要がありますね

──」

桜咲は、少し考えるようにゆっくりと語る。

「まず、玄視さんの話を聞くかぎりでは、ここの河童のミイラの祟りは、河童の祟りともミイラの祟りとも異なる類型にあると考えられます。そもそも、河童の祟りとしては、零落した水神であるという性質から、得てして水が絡んできます。溺れさせられたとか、日照りになったとかですね。ですが、この岩瀬堂薬局の河童のミイラに伝わる祟りは、水とは関係が無いようですね──」

桜咲が確認するように言うと、玄視も首肯した。

「一方、ミイラの祟りとしては、有名なところで言えば『ファラオの呪い』がありますね。こちらは病気が絡んでくる伝承となっています」

すると、玄視が何度も頷いて、

「私も、ミイラの祟りの話を聞いたときは、まずそれを思い浮かべました。エジプトの王の墓を暴いた者は、エジプトの王家であるファラオに呪われて死んでしまう、という話ですよね。私が子供の頃はそういうオカルト系のテレビや雑誌がすごく流行っていて、しょっちゅう『人類は滅亡する』なんていう話が流れていたんです」

「玄視さんは私より少し年上ですし、ノストラダムスの大予言も直撃していたのではないですか？」

「あー。あれ自体は、自分はそれほど興味を持てなかったんですが、週刊少年マガジンで連載されていた『MMR』という漫画や、ええと、『200X《にせんエックス》』年がどうとかいうテレビ番組がクラスでも流行《はや》っていまして……」

「『特命リサーチ200X』ですね。ああ、懐かしいですねぇ」

萌花のまったく知らない話を――きっと萌花の生まれる前の話なのだろう――熱心に語り合う二人。

もしかしたら、玄視が気楽に話せるようにするための桜咲の気配りかな、とも思ったのだけど、二人の会話は盛り上がりながらますます脇道に逸れていって、今は単純に、子供の頃に好きだった漫画の話になっていた。

萌花は思わず、冷めた目で二人のことを見つめていた。

すると桜咲が「あ」と察したようで、「話を元に戻しますが――」と強引に話を切り替えた。

「ファラオの呪いについては、科学的な説明も試みられていますね。いわく、数千年ぶりに開放された墓や棺の中には、現代人にとって耐性の無いカビやバクテリアが潜んでいて、それを吸い込んでしまったために死亡してしまった、とか」

「その話は、私も聞いたことがありますね」と玄視も頷いていた。

「もっとも、その後の調査でも、致死性の毒を持つカビや病原菌などは発見されませんでした。あるいは有毒ガス説なども主張されましたが、それも否定されています。結論としては、科学的な真相は別のところにあったのです。つまり、ファラオの墓を暴いた人は、そもそもそれほど死んでいない、ということです」

「どういうことですか？」

「そもそも、墓の発掘に立ち会った人の中で亡くなったのは、イギリスの貴族・カーナヴォン卿《きょう》ただ一人です。そしてその一人も、元々健康状態が悪く、さらに蚊を媒介とする感染症が原因で亡くなったと解明されています。それを、発掘に立ち会った人だけでなく、関係者や家族の範囲まで広げてすべての死をまとめて『ファラオの呪い』による不審死と言ったがために、このような伝承が誕生してしまったわけです」

「なぜ、そのような嘘を……」

「それは、メディアの対立のせいだった、と言われています――」

　桜咲は、苦々しい顔で言い捨てた。

「ファラオの墓の発掘に関して、あるメディアが独占契約を結んでいたため、それに不満を抱いていたライバルメディアたちが、とにかく発掘メンバーに関係するあらゆる死亡のニュースを『ファラオの呪い』と書いたわけです。中には、発掘メンバーと一緒にランチをした人が死亡した、というのも『ファラオの呪い』として報じられていたようです」

「……風説の、流布」

萌花は思わず呟いていた。

桜咲は頷いて、

「こうして事実を過大に、あるいは無関係な事実もこじつけて、『ファラオの呪い』という伝承は創られました。その結果、発掘をした者たちは『間違った発掘』をしたというレッテルを貼られてしまい、発掘の中断をする事態にまで陥ってしまったそうです」

「それって、まるで詐欺《さぎ》じゃないですか」

「そうです。実際に、現在の詐欺の手口としても利用されている手法ですからね――」

そう語る桜咲の声は、低く、重い。

「たとえば、悪質な宗教は、『あなたが間違った弔い方をしたせいで、祖霊が苦しんでいる。あなたに降りかかっている不幸は、祖霊がそれを伝えようとしているんです』などと言ってきます。その上で、『自分たちは、正しい弔い方を知っている』というわけです」

「あ……。それは、痛いところを突いてきますね」

萌花も、親戚を亡くしたときは心が弱っていた。そんなときにこんなことを言われたら、話を聞こうとしてしまうかもしれない。

「似たような話では、似非《えせ》のコンサルタントやマナー講師なども、同様の話をしてきますね。それに、悪質な民間療法などでも頻繁に使われている手口です」

「……そんなに使われているということは、言い換えれば、それほど引っ掛かりやすい手口だということでもあるんですね」

「なにせ、まず最初に『あなたは間違っている』と言われてしまうわけですからね。誰だって、間違った生き方なんてしたくありませんし、怒られたくもないでしょう。ましてや、『そのせいで誰かが苦しんでいる』なんて言われたら、並の精神力では耐えられません」

それを聞いた玄視が、「そうですね……」と力無く呟いていた。

桜咲は、話を戻すように、

「ただ、この岩瀬堂薬局の河童のミイラに関していうと、ファラオの呪いとは事情が変わってきます。ここのミイラは、薬としても伝承されていますからね。薬を怖がらせてしまったら、飲んでもらえなくなって大変なことになってしまいます」

「薬を怖がる、か――」

玄視が溜息混じりに呟いていた。何かに思いを馳《は》せるように、遠くを見つめている。

「あ、すみません急に。……ちょっと、昔の白羽のことを思い出してしまって」

「娘さんが、薬を嫌がっていたんですか？」

「今は大丈夫なんですけどね、もっと幼い頃は大変でした。そんなとき、お母さんが――あぁ、白羽のお母さん、つまり私の妻ですが――彼女が、上手いことを言って薬を飲ませていたな、と思い出していたんです」

「そうでしたか――」

桜咲は、穏やかな微笑みを浮かべながら頷いていた。

白羽の母親――玄視の妻――絢紗《あやさ》は、二年前、膵臓《すいぞう》がんで亡くなったと聞いている。それから男手一つで――と言っても、絢紗の実家が近いために仲良く協力し合いながら、白羽を育てているのだと。

「具体的には、どのようなことを仰《おつしや》っていたんですか？」

「そんな興味を持たれてしまうと、ちょっと普通のことなので恐縮ですが、薬を飲むときに、プリキュアってていうアニメのコップを使っていたんです。そして、『プリキュアのお姉ちゃんたちは、みんなちゃんとお薬を飲んでるから、あんなに強いんだよ。このお薬だって、プリキュアのお姉ちゃんだったら飲むだろうなぁ』って。そうしたら白羽は頑張って飲んでましたね」

その話を聞いて、萌花は微笑ましくなった。

ただ、もしかしたら白羽は、『プリキュア』ではなくて『お姉ちゃん』の方に反応して頑張ったのかもしれない、とも思った。大人に対する憧れは、小さい頃から芽生えているものなのだ。

「ところで玄視さん——」

と、急に桜咲が話を切り替えた。

「一つ、重要な質問をし忘れていました——」

まるでもったいぶるかのように、ゆっくりと間を置きながら、

「この『河童の万能膏』……。玄視さんは、実際に作ったことがありますか？」

その質問に、玄視は口元をピクッと跳ねさせていた。

その反応を見せるということは……？

「玄視さん、あなたは……」

「いや、違う。誤解はしないでほしいんですけど——」

玄視は見るからに慌てながら、

「作ろうとしたことは、あります。幸か不幸か、材料も製法もすべて揃っていたんですから、何でも試してみたかったんです」

「若気の至り、ということでしょうか」

「……いえ。全然、もう若くありませんでしたよ」

「いつごろ、作ろうとされたんですか？」

桜咲の質問に、わずかの躊躇《ためら》いがあってから、答えが返ってきた。

「二年前――」

玄視は言う。

「妻が、末期がんだと判ったときです――」

玄視は、一つ呼吸を入れて、

「……何でも、試してみたかったんです」

先ほどの言葉を、繰り返した。

何倍にも、重みを増した言葉。

「膵臓がんの、ステージⅣ。気が付いたときには既に転移していて、手術をしても改善は見込めない、化学療法を続けていくしかない、と。まさに科学の限界だったわけです――」

自嘲するように語る玄視。

桜咲は、そんな玄視をまっすぐ見つめて、話の続きを待っている。あるいは、この話になることを想定して話を進めていたのかもしれない。

絢紗の話題が出るようにして。

そして、悪質な民間療法の話もした上で。

「科学が限界だということになると、必然的に、科学以外のものに頼ろうとしてしまうんです。私なんかは、オカルトでも民間療法でもいいから、とにかく試すだけ試してみようって話したりもしました。……『河童の万能膏』も、そのうちの一つです――」

玄視は、河童のミイラに目をやりながら、泣き笑いのような顔になっていた。

「だけど、彼女はそんなことをさせなかったんです。しかも、ただ止めろって言ってくるんじゃなくて、『今度、白羽がこういう服を着ているのが見たいな』とか、『白羽と一緒にアレが食べたいから買ってきてよ』とか言ってきて、とにかく白羽のためにお金を使わせようとしてくるんです。……何て言うか、ズルいんですよ。ここでもし私が怪しい民間療法なんかにお金を使ってしまったら、白羽からも楽しみを奪うような話になってしまうんですから――」

そのように絢紗のことを話す玄視は、どこか自慢げにも見えた。

「私は、絢紗のためにもお金を使いたい。そう言いたかったのに、あいつは、いつも三人で楽しめることばかりを話してきた。結局、私たち三人は、最期まで、楽しい思い出の中で過ごせました――」

玄視は、ふと上を向いて、大きく深呼吸をすると、

「それでも、ふと思うことがあるんです。もしかして、万が一、自分が試さなかった方法の中に、絢紗を救える方法があったんじゃないかって。実はあの中に『正しい治療法』があって、それをちゃんと試していれば今も絢紗は生きていられたんじゃない

かって」

「それは……」

「解っていますよ。解っています。……科学的に無理なものは、無理なんです。だからこそ、非科学的なものにもすがってしまうんですよね」

玄視が語り終えると、辺りは静寂に包まれた。

萌花は、玄視に掛ける言葉が見つからない。

玄視の気持ちは理解できる。だけど、そんな言葉を掛けたところで、きっと気休めにもならないだろう。

ただ、もし自分が玄視と同じ立場になったなら――大切な人が不治の病になってしまったとしたら――萌花も同じことをしようとしたと思うのだ。

現代科学の力が及ばない不治の病、それを治すには、現代科学では計り知れないような怪しい治療法に期待を持ってしまうだろう。

不治の病に対しては、現代科学の力が及ばず、その効果が完全に否定される――ゼロ%になってしまう。

一方、何が根拠かも判らないオカルトや民間療法は、効くかどうかも判らない――言い換えれば「絶対に効かないとは断言できない」――つまり、効く可能性はゼロではない。

……それこそ、玄視さんが『河童の万能膏』にすがろうとしたように。

そんな、あるかも判らない可能性に、一縷《いちる》の望みをかけたのだ。

そう考えていくと、ふと、萌花の頭の中で何かが繋がりそうだった。

……そうだ。そもそも『河童の妙薬』なんていうものは、怪しいんだ。

かつて一般に売られていたこともあるとはいっても、妖怪が作った物——妖怪に作り方を教わった物——だと謳っている以上、普通ではない異常な存在だ。

これがもし、単に良く効く薬だったなら、その効用をそのまま宣伝していればいい。

なのに、わざわざ妖怪という怪しいものをくっつけて売っていた……。

……じゃあ、こんな普通じゃない薬を、どんなときに使う？

答えは単純。

……『普通じゃないとき』に使うんだ。

つまり——

普通の薬が効かないような——不治の病に罹《かか》ってしまった——そんなときに。

「先生！　二〇〇年前、不治の病と言われていたような病気って、何がありますか？　特に、普通の薬を使っても治療が失敗するような病気です」

萌花は何の前置きもなく、いきなり桜咲に聞いた。

「なるほど——」

桜咲は慣れたもので、すぐにこちらの意図を察してくれたようだった。

「三分間だけ待ってください。情報を整理します」

桜咲はそう言って、まるで瞑想《めいそう》をするように目を瞑《つぶ》った。きっと脳内に納められている数多《あまた》の情報に照会しているのだろう。

その様子を怪訝そうに見つめる玄視。一方の萌花は、思わず口角が上がってきてしまう。いったいどんな情報が出てくるのか、楽しみで仕方ない。

やがて、桜咲が口を開いた。その目は、とても自信にあふれている。

「二〇〇年前の疫病といえば、思い浮かぶものが二つあります――」

まるで、論文で自説部分を書き出すときのように語る桜咲。こういう場合、本命は後に出されたものになるわけだけど。

「一つは、コレラ。まさに二〇〇年前の一八二二年に大流行が起こっています。為す術もなく三日で命を落とすため『三日コロリ』などと呼ばれていました」

「そのとき、コレラに対する治療法――特に薬はどうなっていましたか？」

「当時、治療法はありませんでした。もちろん薬もありません。まさに不治の病だったわけですね」

「じゃあ、違いますね――」

萌花の結論に、桜咲も頷いていた。やはり、後に出されたものこそが本命なのだ。

「では先生。二〇〇年前の、もう一つの不治の病というのは何ですか？」

萌花が促すように言うと、桜咲は頷いて、

「天然痘《てんねんとう》です――」

本命の名前を言った。

「天然痘は、疱瘡《ほうそう》、痘瘡《とうそう》とも呼ばれ、漢字にあるように『豆』のような出来物が全身の皮膚にできる、という症状が特徴です。そこに高温での発熱が伴い、出来物が化膿《かのう》することで内臓にも悪影響を及ぼし、死に至る――」

出来物や化膿という言葉を聞いて、萌花は河童のミイラを見やっていた。

河童のミイラの皮膚は、斑模様。

河童のミイラがもたらす祟りは、このミイラの肌のように痣ができ、やがて高熱にうかされるようになって、死に至るという……。

それは、まさに天然痘の症状そのもの。

さらに桜咲は続けて、

「化膿した出来物は、やがてかさぶたとなって、剝がれ落ちる。ただ、そうして剝がれ落ちたかさぶたにも、しばらくは感染力が残っていたようです」

「……かさぶたが、剝がれ落ちる」

萌花は思わず、言葉を繰り返していた。まさにかさぶたが剝がれ落ちたような痕が、この河童のミイラにあるのだ。

桜咲の説明は止まらない。もはや正解を確信しているかのように、堂々と。

「一方で、天然痘は、一度罹患《りかん》すれば二度と罹らないという免疫機能が働きます。この効果は昔から知られていたため、古来、中国などでは『敢えて天然痘に罹患させて二度と罹らないようにする』という方法が行われてきました。患者の膿やかさぶたを、鼻から吸引したり、肌を小さく傷つけて中に入れる――今でいう注射――という方法が行われていました。これは他の病気でも、そして今でも行われている治療法ですね。当時『種痘《しゅとう》』と呼ばれていた治療法――」

桜咲はここで一息吐いて、

「現代の用語で言えば、『ワクチン』です」

「あぁぁ……。そういうことだったのか――」

玄視が嘆くように声を漏らしていた。

「ワクチンの基本的な仕組みは、わざと病原体を体内に入れることによって免疫を得て、今後の同様の病気に罹らなくすることにあります。病原体を体内に入れて、わざと病気に罹患させるなんて、まさに『毒』――祟りじゃないですか――」

玄視は声を震わせながら、だけど心なしか明るい声で呟いていた。

「そして、その『毒』をかさぶたから取り出して、今度は『薬』として使う……。その結果、患者は出来物や膿が収まり、綺麗な肌を取り戻す……。こんなに完全に一致しているなんて！」

その表情は、困惑しつつも、どこか喜んでいるようにも見えた。

「現在のワクチンは、『無毒化』や『不活化』というプロセスを挟んだりして、本来の病状がほとんど出ないようにされているそうです。免疫を獲得する際の発熱などはありますが、本来の病状が出てしまう可能性は限りなくゼロと言えます。ですがかつては……それこそ二〇〇年前なんて、無毒化どころか弱体化も無理だったのです――」

まさに、『毒』そのものを使っていた。

だけど、それが、不治の病を治す『薬』でもあったのだ。

「二〇〇年前――江戸時代末期の日本でも、天然痘に一度罹ってしまえば二度と罹らないということは経験上判っていたようです。そのため、天然痘が軽いままで終わるよう祈る、というかたちの伝承も、全国的に多く残されています。ただ、それは文字通り神頼みによるものでした。そこに、『種痘』というワクチンが登場したのです」

「天然痘の、ワクチン――」

その言葉を聞いて、萌花は有名な逸話を思い出した。

「牛痘《ぎゅうとう》ワクチン！　天然痘の治療薬として、似た症状が出るウシの病気を活用して、その膿を人間に注射すると感染しなくなる。ただ、病気になったウシの膿を人間に注射するという話から、『注射されるとウシになる』という風説が流布してしまって、ほとんどの人が怖がって注射を打とうとはしなかった……」

「あっ！」ふいに玄視も声を上げた。「もしかして、『ウシになる』という風説を回避するために、うちの『河童の万能膏』が使われていたということですか？」

萌花と玄視が揃って桜咲を見つめていた。

「恐らく、違います——」

その答えに、萌花と玄視は怪訝な表情を見せてしまった。

「ウシの膿を活用する牛痘種痘法より前に、利用されていた方法があります。年代的にも、ここの河童のミイラは、そちらの方法に関連していると私は考えています。それは、先ほども少しだけ触れましたが、人間の患者の膿やかさぶたを摂取する方法——人痘《じんとう》法です」

「人間の患者の……」

萌花は呟きながら、河童のミイラを見やった。

きっと何か本物の生物の皮膚だろうと思っていた、ミイラの皮膚。それは、人間の天然痘患者の皮膚だった……？

萌花は、思わず一歩、河童のミイラから遠ざかっていた。

一方、桜咲はむしろ河童のミイラに近付きながら、説明を続ける。

「人痘法は、古くより中国で行われていたと伝わっていますが、日本で本格的に実践されたのは、まさに約二〇〇年前のこと、一七九二年の秋月藩《あきづき》——現在の福岡県朝倉《あさくら》市で実施されたものが始まりとされています」

「江戸ではないんですか？」

玄視が率直に疑問を述べていた。

「当時の日本は、いわゆる鎖国中でしたからね。海外の最先端技術や情報は、まず港のある長崎に伝えられ、それが九州に広まって、そこから全国に広まっていきましたから」

「鎖国か。日本史なんて二〇年前に習っただけなので、まったく気付きませんでした」

玄視は恥ずかしそうに苦笑していた。

「人痘法は、当時の技術では意図的にウイルスを弱体化することができないため、身体に取り込む量を調整したりしていたのですが、どうしても数％の重症化が起き、場合によっては死亡する例もあったようです。それも含めて、やはり『わざと天然痘に罹る』ということが怖がられたため、誰もができるようなものではなかったようです。これが天然痘に対する強力な『薬』であることには違いない、だけど、数％の重症化と『わざと病気になる』という話から、治療法は広まっていかなかった」

桜咲は、まるで当時の医師の心情を慮《おもんぱか》るように、悔しそうに言った。

その後を継ぐかのように、玄視が言う。

「だから、その情報を隠したんですね。『河童の万能膏』という妖怪伝承によって」

桜咲は大きく頷いて、

「当時の状況では、正直に『病気の患者の皮膚を原材料にして薬を作っている』とは言えません。『病気の患者の皮膚を保管している』ことも言えなかったでしょう。なので、それと比較すればまだ怪しくない伝承として、『河童の妙薬』を利用することにしたのでしょう。奇しくも、当時はまだ世間的にも『河童の妙薬』は数多く残っていて、また、見世物小屋の目玉として妖怪のミイラが作られることも多かった。この深川でも見世物小屋が多く建ち並び、何より、河童伝承も多く伝えられていました」

「河童が、身近な存在でもあったんですね」

「ええ。身近でありながら、かつ、不思議な力を持っていた存在なのです。それこそ、不治の病ですら治す、万能の薬を作れる存在として」

桜咲の説明が、次々と、河童の万能膏の伝承を紐解《ひもと》いてゆく。

「だから、人痘法のワクチンを、『河童の万能膏』と称して市民に広めていこうとしたんですね。……私の先祖は、麻薬なんかじゃなくて、もっと大切な物を広めていたんですね。誰にもバレないように、秘密を抱えながら」

玄視は、今にも泣き出しそうな顔で言っていた。

「天然痘のワクチン接種について、こんな言葉が残っています。『子供が天然痘で死ぬと親は諦めるが、人痘法で死ぬと一生怨《うら》まれる』と――」

　医者は身体を治してくれる。薬は病気を治してくれる。そのことが、まるで当たり前のように思えてしまうけれど、実際はそんなことはない。それなのに、治療が成功しないと、叩かれてしまう。

　その理不尽さを、切実に伝えている言葉だった。

「岩瀬堂薬局は、この人痘法に関する風評被害もすべて受け止める覚悟だったのでしょう。その覚悟があったからこそ、少しでもワクチンの接種者が増えるように――いわば一般市民を騙してでも、このような宣伝を進めた――」

　桜咲は、河童のミイラが入るケースの隣まで歩み寄りながら、

「その結果が、今回の伝承を生み出すことになったのでしょう――」

　まるでこれまでの働きを労《ねぎら》うように、ケースを優しく撫《な》でる。

「世間に伝わるのは、万能膏という『薬』としての伝承。そしてその一方で、秘密裏に当主のみに伝わるのは、『毒』となる祟りの伝承。内と外で異なる伝承の内容。この理由が、玄視さんにも解るかと思います」

「……あぁ」

　玄視が穏やかに目を細め、何度も何度も頷いた。

「うちの『河童の万能膏』は、しっかりと、天然痘を打ち倒したんですね」

桜咲は、まっすぐ玄視を見返しながら頷いて、

「この岩瀬堂薬局は、伝染病との闘いの歴史を――そして勝利の歴史を伝えていた。それが、この伝承の正体です」

その言葉で、この災害伝承講義を締めくくった。

※

後日。

桜咲のもとに玄視からメールが届いたというので、萌花は敢えて内容を聞かないまま、折を見て清修院大学の文学部棟にある桜咲研究室を訪れた。

「岩瀬堂薬局の河童のミイラ、その科学的な調査結果が、出ましたよ――」

萌花たちが岩瀬堂薬局を訪れた際、最後に玄視は告げていた。

「河童のミイラを、科学的に検証してもらおうと思います」と。

それは桜咲の推察を検証するためには必要なことだった。ただそれと同時に、実質的には河童のミイラの存在を公表することにもなる。

それでも玄視は、既に決心を固めていた。

「河童のミイラの伝承を、正しく理解したいんです。その上で、この伝承にも、この岩瀬堂薬局にも、しっかりと向き合いたいんです。……それに、このミイラがアトピーと無関係だと判れば、改めて、娘の白羽ともしっかりと向き合えると思うので」

玄視は穏やかに微笑みながら、そう語っていた。


その結果が、今、萌花にも伝えられた。

「あの河童のミイラの皮膚は、人間の皮膚でした。それも、天然痘の痕跡がしっかりと残っていたと」

「……わぁ」

萌花は言葉を失くして、ただ感嘆することしかできなかった。あるいは、安堵にも似た思いが湧き上がってきていた。

桜咲の推察は、科学的にも証明されたのだ。

岩瀬堂薬局は、二〇〇年前から人知れず、伝染病と戦い続けていたのだと。そして、その戦いに勝ってきたのだと。

「ただ、白羽ちゃんのことは、ちょっと大変みたいですね――」

「え？　どういうことですか？」

不安になって問い詰める萌花に、桜咲は飄々と、

「歴史の教科書にも出てくる凄い病気を治した人の子孫ということで、学校で一躍人気者だそうです」

萌花は思わず桜咲を睨み付けていた。

「良い意味で大変なんじゃないですか。紛らわしい」

「いえ、それだけではないんですよ――」

桜咲は、表情を真剣なものに変えて、

「実は、今回の件を受けて、白羽ちゃんに将来の夢ができたそうです。自分は、アトピーも膵臓がんも治せるような凄い医者になりたいと」

「へぇ……」

萌花はつい表情が緩んでいた。そこには、きっと白羽が体験してきた辛《つら》いことがあるからこそなのだろうけど、とても前向きでいい夢だと思った。

「っていうか、これもやっぱり良いことじゃないですか」

「白羽ちゃんにとっては、そうですね――」

桜咲は、含みを持たせたような言い回しで、

「ただ、親である玄視さんにとっては、ちょっと大変みたいです」

手の指で輪を作って、苦笑していた。

萌花も思わず笑いを漏らして、

「……でしたら、この河童のミイラ、見学料とか取って儲《もう》けられないですかね？」

冗談めかして言うと、

「なるほど。江戸時代にあった深川の見世物小屋の復活ですか。しかも、埋立地である深川の土地に人が集まることになれば、土地も踏み固められて水害に強くなりますね——」

真面目に検討をされてしまった。

「私も協力を惜しみませんよ。このネタを私がテレビなどで宣伝すれば、客足はさらに増えて、儲けも増える……なるほど、良い案ですね」

「え？　いや、その、普通にダメだと思いますけど……」

萌花が不安になって止めに入ると、

「いや、さすがに冗談です」

と返された。

……この人は、本当に冗談が解りづらい。

特に最近は、少し悪質というか、萌花をからかってきている気がするのだ。

……椎名さんの気持ち、ちょっと解る。今度二人で愚痴を言い合おう。

萌花はそう決心した。

するとさ桜咲は、変わらず飄々とした様子で言ってきた。

「ただ、この中に一つ、冗談でないこともありますけどね」

「え？　それってどれですか？」

「決まってるじゃないですか——」

桜咲は穏やかに微笑みながら、

「『私も協力を惜しみません』というところです」

そう力強く、断言した。

第三講義

関東大震災と宝の井戸

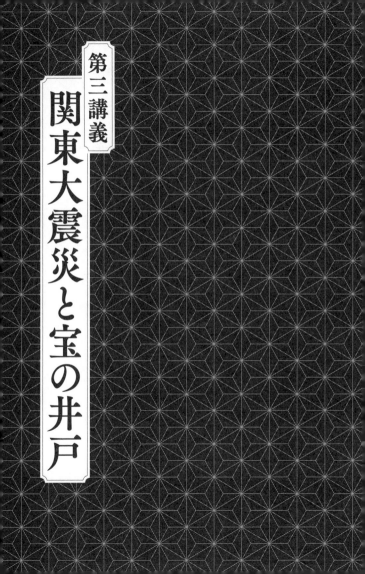

1

朝八時半。萌花が二限目からの講義に出るため朝の支度をしていると、テレビから気になる名前が聞こえてきた。

「今朝未明、福岡県久留米市三潴郡にある溜池のうち三ヶ所の栓が外され、水が抜かれてしまっているのが発見されました。現場付近から中継です――」

久留米市三潴郡の溜池……。それは、椎名が不動産鑑定士の仕事として調査をしに行っている場所だ。

あのときの話に出てきた溜池は、平家の落人伝説があるものだった。

実際に平家の落人が暮らしていたのか、それとも怨霊の伝説が伝わっていたのかは判別できなかったけれど、いずれにせよ、危険な溜池に近付かせないようにしたり、あるいは大事な溜池を破壊されないようにしたりする、という意味が込められている、と。

テレビ画面が切り替わり、窪地の前に男性レポーターが立っている姿が映し出された。その窪地の底には、所々に水溜りが見えた。

「私は今、現場となった溜池の一つに来ています。普段はこの斜面を覆い隠すように水が溜められているのですが、現在はご覧のように、水が抜かれてしまって、底にわずかだけ溜まっている状態です。今回、水が抜かれてしまった溜池は、全部で三ヶ所。いずれも、平家の落人伝説があることでも知られ、地元の住民らは農業用水として利用するほか、文化的財産としても保全を図ってきた場所でもあります――」

「えっ？」

思わず声が漏れた。

……まさか、椎名さんが仕事で行ってる場所？　事件に巻き込まれてないよね？

頭の中で目まぐるしく想像が駆け巡っていく。と同時に――

……こういう伝承があっても、こういうことをされちゃうのか。

という哀しさもあった。

最近は、神社や寺に落書きをしたり破壊したり、というニュースも耳にする。そこに神や仏なんていないからと言って、無茶苦茶なことを平気でやるらしい。

でも、そこに神社や寺が存在しているということは、そこに神社や寺を建てる意味があったということなのだ。

そのことを、桜咲と一緒に災害伝承を学んできた萌花は理解している。なのに、そのような理解をしていない、できない人たちが、好き勝手に壊していってしまう……。

思わず気が重くなる、そんな萌花に追い打ちをかけるようにニュースは続けられた。

「既に犯人は逮捕されておりますが、近隣では類似の事件も発生しているため、余罪の可能性も含めて、警察は慎重に調べを進めていくとのことです。また警察は、事件当時、現場に居合わせていたと思われる、三〇代から四〇代の女性についても、情報提供を求めております。この女性は、事件当時――」

「……っ⁉」

萌花は驚きのあまり、声も出なかった。

……間違いない。これ、椎名さんのことだ。

萌花はすぐにも椎名に連絡を入れた……だが応答はない。メッセージを送ってみたが、返答もない。

萌花は支度を慌てて済ませ、急いで家を出て大学へ向かった。

桜咲研究室へ。

ちょうど一限目の講義中だからだろう、キャンパス内に、大学生の姿は少なかった。代わりに、イヌの散歩をする人やジョギングをする人などで、いつもと違う賑《にぎ》やかさを見せていた。

萌花は自然と早足になりながら、文学部棟へ。

ここに来るまで桜咲にも連絡をして詳しく話をしようかとも思ったのだけど、いざ連絡しようとすると何を話していいか判らず、ただ「椎名さんの件で、今から研究室に行きます」とだけ伝えていたところ、しばらくして「朝から居るので大丈夫です」と返ってきた。

そして続けて、「いつかやると思っていた」と。

文学部棟の三階以上は、教官の研究室になっている。学生たちはあまり立ち入らない場所。ただでさえ静かなこのフロアだけど、今日は一段と静かに感じた。

いつもは気にならないような靴の音が、嫌に耳に付く。萌花は人が居ないことを確認して、駆け足で桜咲研究室へ向かった。

その勢いのまま扉をノックして、「どうぞ」と返事があったと同時に扉を開けた。

「あら久しぶり、萌花ちゃん」

椎名が居た。

まるで何事もなかったかのように、ソファに座ってビールを飲んでいた。朝から。

そんな椎名の向こうには、桜咲も座っていた。まるで、いつも通りの光景。

「え？　……ええと、椎名さん。帰って来てたんですか？」

「ええ。事前の予定でも、今朝の始発便で帰ってくるって話だったでしょ。予定通りよ」

本当に、何事もなかったかのように話す椎名。よく見ると、部屋の隅にキャリーケースが置かれている。どうやら空港からそのまま大学に来たらしい。

「え、でも、今朝のニュースで、警察が椎名さんらしき女性を捜しているって」

「ああ、あれね……」椎名は疲れたように目蓋を落として、「確かにあれは私なんだけど、面倒だから逃げてきちゃった」

「椎名さん、警察から逃げてきたんですか？」

「人聞きが悪い！」

椎名は語気強く、だけど冗談めかして笑いながら、

「萌花ちゃん、ちゃんとニュースを見てた？　私は、犯人側じゃなくて、犯人逮捕に協力した側だったでしょ」

「た、確かにそうでした」

萌花はニュースの内容を思い出す。そこでは――

「この女性は、事件当時、溜池の水が何者かによって抜かれていることにいち早く気付き、付近に停《と》まっていた不審な車両を探し出して警察に通報したとのことです。これにより、四件目の犯行が行われようとしていた時点での現行犯逮捕に繋がりました。この女性は、通報時に名乗らず、また犯人の逮捕後も姿を見せていないとのことです。もっとも、複数の近隣住民によって、三〇代から四〇代と見られるスーツ姿の女性が目撃されていることから、この女性が捜査に協力してくれたものとみて、警察は情報

提供を求めております」

――とのことだった。

桜咲も「いつかやると思っていた」とメッセージに書いていたけれど、まさに椎名らしい行動だ、と萌花も思う。

「あのときは、溜池の件で、夜の危険性も調べてたのよ。車で溜池の近くまで行くのは危ないから、徒歩でね」

「……それはそれで、夜道を一人で歩くのは危ないのでは？」

「もちろんそこは気を付けてたわよ。三潴の溜池は山奥にあるわけじゃないし、何かあったらどこに逃げ込むかも決めた上で、すぐに通報できるようスマホも構えてたし」

「それが結果として、今回の通報にも繋がったんですね」

椎名は頷いて、

「そしたら、溜池の水は抜かれちゃってるし、何か怪しい車が停まってるしで、確証は無いけど通報だけはしといたって感じ。だから、むしろそれで動いてくれた警察が頑張ったってことなのよ。そもそも、場合によったら、私の方が通報されてたかもしれないし」

「確かに。状況次第では、共犯者と思われていたかもしれないですよね」

「まあ、そうなったらそうなったで、ちゃんと警察に行くけどね」

「でも、それだったら、捜査協力者として捜されている内に名乗り出た方が良い気もしますけど」

「四〇代と見られる女性として？」

「ごめんなさい」

凄い顔で睨まれてしまって、萌花は謝るしかなかった。

するとと桜咲が話に入ってきた。

「人の目撃証言なんてものは、至って曖昧なものです。それこそ昔は写真もビデオもありませんでしたから。タヌキやカワウソを見て『河童だ』と言ったり、壁のシミを見て『怨霊だ』と言ったり」

「曖昧な部分や不思議な部分を、『妖怪のせい』にしたんですね」

「それは、一種の知ったかぶりだったのかもしれません。村の長《おさ》などの指導者が『あれは何ですか？』と質問されて、『解らない・知らない』では威厳を失ってしまう。そうして咄嗟《とっさ》に出てきた話が『妖怪のせい』だった。そうすれば、『原因を知らない』のではなく『妖怪を知っている』ということになる。威厳は保たれるわけです」

「そうして、伝承が生まれる……」

萌花は、言葉の意味を噛みしめるように言った。

ふと、そのとき萌花の頭に、ちょっとイタズラめいた閃《ひらめ》きが降りてきてしまった。

きっと魔が差したのだろう。

「だとしたら、あの辺りの災害伝承は、今後書き換わってしまうかもしれませんね」

「と言うと？」

「この溜池には、平家の怨霊を恐れずに返り討ちにした女性が現れる、なんて」

萌花はそう言いながら、チラリと椎名を見やっていた。

「……ほう。萌花ちゃんも、言うようになったわね」

椎名が笑顔を浮かべながら言ってきた。仮面のような笑顔を貼りつけながら。

するとそこに桜咲が、

「そんなことを言ってはいけませんよ、梅沢さん――」

と、予想外にも萌花を窘《たしな》めてきた。てっきり乗ってくるかと思っていたのに。

「姉さんは、溜池を荒らす人間を懲らしめる側なんですから、そこはきちんと、平家の怨霊を率いる女頭領として出てこないといけません。風説の流布には気を付けてください」

と、律義に修正を入れてきた。

「ちょっと、私への風評被害にも気を付けなさいよ？」

そう言って椎名が笑っていた。声はまったく笑っていなかったけれど。

萌花はすかさず話を切り替えた。

「で、でも、溜池の水を抜くなんて、どういうつもりなんでしょうね。そういう嫌がらせは、犯罪なのは当然ですけど、それで農作物に被害が出たら農家にとっては死活問題ですし、やった方も何百万円とか何千万円とか賠償することになるんですよ」

溜池は、農業のためのものであると同時に、大事な伝統でもあるのだ。それをほんの一つの行動、たった一瞬で破壊してしまう。

「そうね、法律的なことを言うなら——」

と、椎名は律義に、法律上の論点を話してくれた。

「そもそも、刑事罰や民事責任、行政罰といった区別がまったくできていない人がいる、っていう話があるわね。萌花ちゃんはもう勉強してるかもだけど」

「あ、はい。たとえば、交通事故で人を轢《ひ》いて怪我をさせてしまったら、自動車運転過失致傷罪に問われて刑事罰を受けることになる、と同時に、怪我の治療費について民事上の損害賠償責任を負うことになる、と同時に、道路交通法違反の行政罰によって運転免許の減点がされる、と」

「そういうこと。たとえば、刑事罰が罰金だけだったりすると、『罰金を払えばいい』みたいに勘違いして犯罪をする人もいるっちゃいるのよ。逆に、死刑のある殺人罪とかでも、人を殺したことに対する損害賠償責任は存在しているのに、死刑や無期懲役になるから払えない、みたいな感じでうやむやにされているところもある」

「それは、確かにそうですね」

「そこには、民事上の損害賠償とか機会損失みたいな観点がまったくないのよ。だから、ちょっとしたイタズラのつもりが、とんでもない賠償請求の額になって絶望する、なんていう話もよく聞くわね。……よく聞きたくはないことだけど」

椎名は唾棄するように言い捨てた。

続けて、桜咲が説明を加える。

「防災上の議論をしていると、まれに、このような主張をされることがあります。『溜池に水が溜まっていると、大雨の時に溢れて洪水になる。だから、大雨が降る前に溜池の水を抜くべきだ』と」

「つまり、洪水対策として、溜池の水を抜くことは許される、と？」

「許されるというか、『そうしないのはおかしい』という主張ですね。似たような話は、大雨時のダムの緊急放水に対しても主張されています。いわく、『大雨のとき、ダムを守るために緊急放水をするのなら、最初から緊急放水しないで済むようにダムの水を抜いておけばいい』と。確かに、ダムの水が少なければ、雨が降っても満水になるおそれがないので、緊急放水はしなくて済みますからね」

「あ、はい、確かにそう……」

萌花は納得しかけて、

「いや、それはおかしいですよね？」

「どこがおかしいと思いますか？　ダムの緊急放水はしなくて済みますよ」

「それはそうです。ですけど、それはあくまで『大雨のとき』に、『緊急放水は』しなくて済むようになる、というだけで、それ以外の基本的な治水がめちゃくちゃになってしまっていると思います」

「なるほど、たとえば？」

「たとえば、前もってダムの放水をしておく、ということは、言い換えれば、川の水が満遍なく増水している状態にする、ということになります――」

桜咲は頷いて、先を促してきた。

「そんな状態で大雨が降ってしまったら、増水していた川が一瞬で溢れてしまって、逃げる間もなく洪水が発生してしまいます」

「なるほど。では、大雨が降る直前ではなくて、もっと前から放水しておいたらどうでしょう？　川の増水も収まるくらい、事前に済ませてしまうんです」

「そうなると今度は、天気予報が外れると取り返しのつかないことになってしまいます。川の増水が収まるまで待つには、数時間ではなく十数時間、数十時間が必要ですから、そんな前から行動をしようとすると、必然的に天気予報の精度も落ちます。そして、いざ準備をしておいて実際は少雨だったり曇りだったり、それこそ猛暑だったりしたら、今度は一気に水不足になってしまいます」

「そうですね。もしそうなってしまったら、『事前放水によって意図的に水不足になる状況を作り出した』ということになって、国の責任も免れないでしょう」

「溜池も、問題は同じなんですね。溜池を排水してしまったら、その水は、川や小さな水路まで流れ込んで増水させることになる。もしそのタイミングで雨が降ったら、それこそ家のすぐ脇から、逃げる間もなくいきなり浸水することになってしまう」

　桜咲は頷いて、

「現在の水利は、歴史や伝統に基づいているだけでなく、そこに科学的な根拠もあることが示されています。そこには当然ながら、多くの人々のトライ&エラーも含まれているわけです。そこを無視しておいて、『歴史や伝統を覆すような斬新な意見』が出てきたとしたら、それは大概、科学的根拠も無視しているものなのです。それこそ、平家の怨霊を恐れずに溜池を荒らした人間が、平家の怨霊に祟られたかのように水難に遭ってしまう、ということになりかねませんからね」

　そう皮肉を込めて締めくくっていた。

2

海の日。

月曜日ではあるけれど、祝日のため講義はない。その代わり、というのもおかしいけれど、今日はアルバイトをすることになっている。

さくらさく不動産鑑定の仕事として、東京都日野市にある土地について、鑑定と運用に関するアドバイスを求められているのだ。

そしてそこには、桜咲も同行することになっていた。

萌花は準備をしながら、その話を初めて聞いたときのことを思い出す。

「毎年、『妖怪防災学・入門』は一五コマのうちの一つを補講にして、少し学習の範囲を広めた『災害と風評被害』について講義をしているんですが、今回の件は、まさにそれと関係があるのです――」

いつになく真剣な表情で、桜咲は語っていた。

「というのも、実は日野は、『関東大震災のときのデマに騙されなかった街』として、重大な研究対象にもなっているのです。なぜ日野の人たちはデマに騙されなかったのか……伝承を研究する私としても、非常に興味があるわけです」

「あぁ……。災害が起きたときのデマって、酷いですよね。『ライオンが動物園から逃げた』とか、『井戸に毒が入れられた』とか、情報が混乱しているからって好き放題言ってきて……」

萌花もSNSで見かけたことがある。あれに対応しないといけない人たちのことを考えると、他人事《ひとごと》とはいえ胃が痛くなりそうになるし、それ以上に、デマを流した相手にムカムカしてくる。

「大きな災害が起こると、必ずと言っていいほど風説が発生し、世間をいっそう混乱させています。それが支援や救助にも悪影響を及ぼし、さらなる被害の拡大をもたらしてしまうこともあるわけです――」

桜咲は、呼吸を整えるように深呼吸を一つ。

「とりわけ、関東大震災のときの風説――朝鮮人が暴動を起こしたとか朝鮮人が井戸に毒を流したとか――というのは、『天誅《てんちゅう》』や『正当防衛』の名の下に――『正義』の行為として、朝鮮人らに対する暴力を積極的に促してしまった、と言われています」

――その状況は、『虐殺』と称するべきものも含まれていたと伝えられています。

桜咲は、冷静な声の中に怒りのような感情も含めながら、続けて語る。

「大学のある多摩周辺でも、『町田《まちだ》・八王子《はちおうじ》の集落が、徒党を組んだ朝鮮人に襲われた』とか『井戸に毒が流された』という噂が、震災翌日の九月二日から流れ始めていたようです。そのため、住民は不安になって家の中で寝ることができず、雑木林に身を潜めて夜を明かしたとか、男が鎌や鍬《くわ》を持って寝ずの番で女子供を守っていた、という多くの証言が残っています」

「町田も八王子も、多摩市から近いですね」

「ええ。近いために、住民の緊張感が一気に高まって、精神的に追い詰められたという証言もあります」

「……なんて、悪質なデマ」

桜咲は頷いて、

「ただ、当時の政府は、すぐにこれを『流説』だとして否定していたようです。もっとも、それで被害を防げたわけではなかったのですが――」

桜咲は、苦しげに声を絞り出すと、

「そのような状況下にありながら、日野の人たちはデマに惑わされなかったようなのです。さすがに無警戒でいたわけではなかったようですが、決定的な対立にはならずに、平時のような関係を維持できていたと」

「もし、その関係維持の理由が解明できれば、今後、震災時のデマに惑わされる人を減らしていけるかもしれないんですね」

「ええ、そうですね――」

　桜咲は穏やかに微笑んで、だけどすぐに表情を引き締めると、

「災害時のデマというのは、情報を最初に『流す』人は悪意がある人間だとしても、それを『広める』人たちに悪意があるとは限らないのも問題なのです。いわば、正義感や使命感によって、誤った情報を広めてしまう人も多いのです。梅沢さんが挙げた例でも、これに合わせて『注意喚起』や『安全確保』、『緊急』などと書かれていたら、それを広めることが良いことなのだと信じ込んで、やってしまったりするのですから」

「良いことだと、信じて……」

　その言葉は、萌花にも刺さってくる言葉だった。

　萌花は、デマを信じたというよりは、相手のことをよく知らないまま、勝手に自分のやることが正しいと思い込んで突っ込んでいく、ということをしでかしてしまう。

　いずれにせよ、相手にとっては理不尽なことをされることに変わりはない。

　ちゃんともっと相手のことを知っていれば――そして軽率に思い込んだりせずに、しっかり確認をしていれば、無駄な衝突はしなくて済んだはずなのに、と。

　そのことを改めて自戒しながら、萌花は今回の仕事に挑む。


　日野市は、清修院大学のある多摩市聖蹟桜ヶ丘のすぐ西隣にある。

聖蹟桜ヶ丘という地域はそもそも公的な住所ではなく、境界も不明確で、私的・商業的な都合によって、曖昧に聖蹟桜ヶ丘駅の周辺で使われている。そのため、多摩市に限らず日野市でも少し使われている。

萌花は、慣れた電車で行くつもりでいたのだけど、現場は電車で行くには不便らしく、椎名が車を出してくれることになっていた。しかも、所沢にある事務所から、東久留米の萌花の自宅まで迎えに来てくれるという。

約束の時間まであと少し。萌花は身だしなみの最終チェックをする。

今回は、いつもより土や泥にまみれる予定だということで、スーツではなく、汚れてもいい格好と、着替えも一緒に持って行くことになっていた。濃い目の色のジーンズとTシャツ、履き慣れて動きやすい靴、両手を自由に使えるようにリュックを持って、その中には手が汚れたとき用にウェットティッシュも入れておく。

準備万端で待っていると、間もなくスマホにメッセージの着信があった。家の前に着いた、と。

「行ってきます」

誰にともなく、家の中に向かって声を掛けた。

「行ってらっしゃい。気を付けて、頑張ってくるのよ」

母が、明るく弾むような声を返してきた。萌花が仕事に行く日は、特に元気がいい。

母とは、進路関係でいろいろ対立があったものだから、お世辞にも良い関係とは言えないのだけど、萌花が不動産鑑定事務所でアルバイトを始めてからは、それを素直に喜んでくれている。

外に出ると、玄関のすぐ前にダークブルーのハイブリッド車が停まっていた。椎名の仕事用の車だ。現地調査の度に乗っているため、傷に見覚えがある。

近づいて行ったら、助手席が空いていた。てっきりそこには桜咲が座っていると思ったのに。と思うと同時に、後部座席から桜咲が顔を出してきた。シンプルにジーンズとシャツという格好だった。それが逆に清潔感を醸す。

「おはようございます。梅沢さんは助手席にどうぞ」

「あ、おはようございます。それじゃあ」

助手席に乗り込みながら、運転席の椎名にも挨拶をした。

椎名は、上下ジャージだった。

いつもの格好いいスーツ姿を見慣れていると、上下ジャージという格好は、いかにも緩い。

ただ、これはこれで似合っているのが、いい意味で憎かった。スタイルが良いこともあって、アスリートを彷彿《ほうふつ》させるからかもしれない。

そんな萌花の心境など知る由もなく、椎名は手早くナビを操作して、日野市内の住所までの道を示していた。ここから約四〇分のドライブがスタートする。

「萌花ちゃん、今回の仕事の資料は読めた？」

「あ、はい。読みながら、私なりに調べておきたいところは調べておきました」

「さすが萌花ちゃん、仕事が早い」

「でも、ちゃんと専門家に確認したいところもあるので、そこは現場に着く前に相談できればと思います」

萌花は、紙に印刷してある資料をバッグから取り出した。気になったことはすぐに書き込むことが多いため、自分用の資料は普段から印刷してあることが多い。

ただ、今回の資料——依頼の手紙は、電子メールではなくてアナログの封書で事務所に届いていた。萌花が持っているのは、その手紙のコピーだ。

手紙には、一目見て達筆だと感じるような筆文字が並べられている。

そして、その表題には、『宝の井戸』とあった。

一〇〇年前に起きたという、不可思議な話として。

※

さくらさく不動産鑑定　桜咲椎名様

突然のお手紙にて、失礼をいたします。

私は、東京都日野市に暮らしております、戸松《とまつ》すみれと申します。

この度、私は日野の自宅を運用ないし売却するにあたり、不動産価格の評価について適任となる鑑定士を探しておりましたところ、貴女のお噂を耳にして、是非この方にと感じるところがあり、今回のお手紙を送らせていただいた次第でございます。

奇怪な噂話や怪異の伝承などがある不動産について、その真偽や真相を解き明かし、的確に不動産の価格を鑑定してくださる、と。

このように書けばお察しいただけるかと思います。

日野の家には、奇怪な話があるのです。それも、不動産の価値に影響を及ぼすであろうほどの話が。

この話は、私の母・保江《やすえ》が体験した不思議な話を、私が聞いたものでございます。

東京・日野。かつてここには日野宿が置かれ、江戸からやって来た者は、八里を過ぎて多摩川を越え、遠く異境に来たものだと背後を振り返ったと言われております。

江戸を抜け、武蔵野《むさしの》すらも越えた先。そんな東京の外れであっても、現在は新選組の人気もあって、若い人たちも多く訪れているようでございます。あるいは、一五〇年前のこの街も、新選組に憧れた若者たちが集《つど》って来ていたのかもしれません。

日野の街の多摩川の畔《ほとり》、そこに、戸松家がございます。

四季折々の花や紅葉《こうよう》によって彩られる、まるで草木によって作られた迷路のような庭。その庭の中でもさらに奥に迷い込んでしまったような茂みの中に、一つ、古井戸があるのです。

川の畔にありながら、水が出ない。

にもかかわらず、埋められていない。

そのような古井戸が、あるのです。

これは、我が家で『宝の井戸』と伝えられております。『福の神』が宿っており、福を分け与えていらっしゃる、と。

戸松の家が、この日野で古くから衰えることなく続いていられるのは、この宝の井戸のおかげなのだと。代々この地を動くことなくいられるほど、十分な富と権威をもたらしてくれたのだと。そのような話は、私自身も祖父母から聞かされたことがございます。

なので、決してぞんざいに扱ってはならない。

ましてや、埋めることなど絶対にあってはならない、と。

宝の井戸――その名を聞くのみでは、たいそう幸せそうで、温かみのある井戸のようにも思われましょう。ですが、その現物は、妙に陰湿に感じられるのでございます。鬱蒼と茂る草木の奥、庭の外れに隠れるように、その古井戸はあるのですから。

しかも、その本来の役目を果たすことなく、涸《か》れてしまっているのですから。

話に聞くのは、一〇〇年前――あの関東大震災が発生したときには、この古井戸があることで多くの人々の命を救ったのだと。そのことを、私の祖父・千寿《せんじゅ》は常に誇らしげに語っておりました。その頃は、まだこの井戸も、井戸としての活躍の場があったのでしょう。


この奇怪な体験をいたしましたのは、母・保江が九歳の頃。まさに一〇〇年前――奇しくもあの関東大震災が起きて間もない頃のことでございました。

母の記憶が正しければ、母が物心ついた頃には、まだ『宝の井戸』には水が湛えられ、その水を生活用水として使っていたようでございます。川の近くにありながら、川まで水を汲《く》みに行かなくとも良い、というのが、幼い母にとっての自慢でもあったようです。

それが一変したのが、あの一九二三年九月一日のこと――関東大震災でございます。

日野の街は、震災によって建物や道路が崩壊した所はあったものの、死者は無かったと伺っております。

戸松家においても、土蔵の壁が剝がれ落ちたり、養蚕の棚が倒れて収穫中であった者が軽い怪我をした、というようなことはあったものの、母屋にも庭にも被害は無かったということです。

母の記憶では、むしろ震災そのものの被害や余震よりも、震災直後から沸き起こっていた風評こそが恐ろしかった、ということでした。

「横浜や八王子で朝鮮人の暴動が起き、家を焼き壊しながら近隣の街を襲いに来ている」

「井戸に毒が放り込まれた。井戸の水は絶対に使ってはならない」

今にして思えば愚かしい話、ですが当時の人々にとっては生きるか死ぬかの瀬戸際でのこと。これを虚報と断じて堂々と夜を眠れるような者なぞ、いるわけがなかったのでございます。現に横浜や八王子の家は燃え破壊されていると聞かされていて、それが地震のせいなのか暴徒のせいなのか、それを判別できる術なぞなかったのでございますから。

「よもや」「もしや」の疑心暗鬼が渦巻く混乱と恐怖の中で、母たちは数日の間、家ではなく付近の雑木林の中に身を潜め、大人たちに守られながら夜を明かしていた、と聞いております。

他方で、このような噂はあくまで噂、風評であるという話も、ほぼ同時に広まっていたようでございます。ただ、それでも「よもや」「もしや」の備えは解消できるわけもなく。そのために、朝鮮人暴動の風評はいつまで経っても消えることなく、また、暴動に対する天誅・正当防衛などという話も、併せて聞こえてきていたそうです。

そのような不安に溢れていた日々から、少しは平穏が取り戻されようとしていた、というのが九月の半ば。

余震も減り、ようやく母たちも母屋での寝泊まりができるようになってきたときのこと。

ふと、母が夜中に目を覚ますと――。

じゃら、じゃら、と庭から音が聞こえてきたのだそうです。

初めは、イヌやタヌキの類が庭に出て、草木を揺らしているのかと思ったそうです。

ですが、その音が、やけに重い。

これは獣が出す音ではない。母はそう確信したそうです。

まず頭に浮かんだものは、妖怪『小豆《あずき》洗い』――

夜な夜な、小豆を洗うようなシャリシャリという音が聞こえてくるものの、その音の主は姿が見えないという。

下町・本所の七不思議にも数えられることのある妖怪なのだそうですが、この多摩川沿いにもいくつか伝説がありまして、青梅《おうめ》市の『男井戸女井戸《おいどめいど》』と呼ばれる井戸にも、小豆洗い、あるいは小豆婆《ばばあ》とも呼ばれるものが現れるのだと。

奇しくも、その話を母は知っていたそうです。

ただ、その正体はきっと川の流れの音が響いているだけ、とも思っていたそうです。

だからきっと、この「じゃりじゃり」という音も、川の流れの音に違いない……と、
そのように考えようとしても、微塵も安心できなかったのでした。

いつもはまったくこのような音は聞こえなかったのですから。

それは、明らかに異常だったのです。

それとも、嘘ではなく本当に、暴徒が日野にやって来てしまったのか。

何にせよ、九歳の女児が敵《かな》う相手ではない。いよいよ怖くなった母はすぐに起き上がって、隣にいるはずの両親――私の祖父母を起こそうとしたそうです。

ですが、両親の布団はもぬけのから。

じゃら、じゃら……庭からは相変わらず音が聞こえてきている。

このとき母は、せめて音の正体だけでも暴いてみせよう、と思ったそうです。感情としては、敵討ちに近い思いだったのではないか、と話しておりました。両親がいなくなっていたのが、この音のせいだと思っていたようです。

母は、音で気付かれないよう、裏の勝手口の隣にある洗面所へ行き、そこの格子窓から外を覗き見ることにしたそうです。家の中なら安全、という意識が働いていたの

かもしれません。

井戸の傍に、一つの黒い影が、ぼんやりと立っていたのが見えたそうです。人かどうかは、判らない。まるで黒い布を被っているかのような、曖昧な輪郭。大きさは、同年代の子供くらいだった、と。

例の音は続いていたそうです。黒い影の動きに合わせて、じゃら、じゃらと。黒い影は、何かを抱えるように持っていたそうです。重そうな、黒い袋。

ふいに、物音とは別の、声のようなものが聞こえていたそうです。「えぃえぃ」という、掛け声のような、鳴き声のような。

そしてふいに、「ぺちゃくちゃ」と……本当に「ぺちゃくちゃ」と言っているかのような声が聞こえてきたそうです。

意味など解らない。これは妖怪の言葉なのだろうか。そんなことを考えていると、次第に恐怖が強まってきてしまったそうです。

折を見て逃げ出そう、そう思っていた矢先のこと。

じゃら、じゃら、じゃら。ふと気付くと、黒い影の数が増えていたそうです。小さな子供のような影の隣に、大柄な、父親のような影。大柄な影が、小柄な影の袋を持ってあげていた。だから親子だと思ったそうです。

そして、また、「ぺちゃくちゃ」と……。

母は怖くなって、一目散で自分の布団に戻り、頭から布団をかぶって眠ってしまったそうです。じゃら……じゃら……という音を聞きながら。

翌朝。飛び跳ねるように布団から起き上がると、急いで両隣を確認したそうです。するとそこには、普段通りに横になっている両親がいたそうです。母は嬉しさと寂しさがないまぜとなって、両親に飛びつくようにして抱きしめました。そして、昨夜の不思議な音のことと、両親がいなくなっていたことを伝えたそうです。

すると、両親はきょとんとした後、楽しそうに笑って、

「それは、我が家の福の神さまたちだ。保江には見えたんだなぁ」

と言われたそうです。

今度は母がきょとんとしたそうです。

「福の神さまたちは、我が家に福とお金を持ち込んできてくれる、有り難い神さまたちだ。父さんと母さんは、神さまをおもてなしするために、夜はちょいと出掛けている。これから、保江だけで夜に眠ることが増えるけれど、保江はもうお姉さんだから、頑張れるな?」

祖父の優しい声に、保江は反射的に頷いていたそうです。

するとと祖父は、真剣な表情をして、

「ただ、福の神さまの声だけは、絶対に聞いてはいけないよ。話しかけてもいけない。

そうなってしまったら、保江も福の神さまたちの仲間にしないといけないからね」

急変した声と表情に、母は肝が冷える思いだったそうです。

もう、既にあの声を聞いてしまっているのに。

※

改めて資料を読み終えた萌花は、まず率直な感想を言った。

「今回の依頼って、まるで怪談みたいにも思えました。井戸が関係している怖い話というか、日本の昔話というか」

奇しくも、ここでも本所七不思議が出てきていた。

そもそも本所の七不思議は、話者や作者によって様々な逸話が語られていたため、それらを合わせると、不思議の数は一〇を超えるという。

そのうちの一つが、『小豆婆』・『小豆洗い』なのだ。

すると椎名も、うんうんと頷きながら、

「私も、子供の頃に読んだ『お岩さん』の怪談を思い出したわ。井戸から出てきて、一枚、二枚……って」

まったく思い出していなかった。

「それは『番町皿屋敷《ばんちょうさらやしき》』ですよ――」

萌花は苦笑しながら訂正する。

「確か、主人の大事にしていた一〇枚の皿のうち、一枚を割ってしまった女性が斬り殺され、井戸の中へ投げ込まれた。その後、夜ごとに井戸から皿を数える声がして、いつまでも一〇まで数えることができずに嘆き悲しむ声が響くという……みたいな話です」

「あれ？　じゃあ、毒を盛られて顔がただれてしまった、っていう話は？」

「それが、お岩さんの出てくる『四谷《よつや》怪談』ですね。そっちは、愛憎渦巻く複雑な人間関係になってて、不倫をしていた夫が不倫を隠すためにお岩さんに毒を盛った、みたいな話だったと思います。これ自体には、井戸は出てきてなかったかと」

「あぁ、そっか。子供の頃に読んだだけだったから、混ざっちゃったのね」

……実に椎名さんらしいですね。

と言おうとしたのを心の中だけに留めつつ、

「番町皿屋敷もそうですけど、『井戸に身投げする』という話は、時代劇とか小説とか、ネットに書き込まれる怖い話とかでも見覚えがあったから、最初に『井戸のある物件を調べる』って聞いたときは、そういう話を想像してました」

「あと、『井戸に死体を隠す』なんて話は、ミステリ小説とかでも見るわね」

萌花は思わず想像してしまった。

夜な夜な、死体を井戸に隠すため歩き回る殺人鬼……。これから向かう家の井戸には、その死体が積まれているかもしれない……。

「……先入観を持つのは良くないと思うんですけど、正直、井戸の中に入るような調査は、遠慮したいです」

「まぁ、警察の出番になるような状況だったら、まずはそっちに仕事をしてもらわないとね――」

椎名は冗談めかしたように言うと、少しだけ表情を真剣にして、

「そもそも、井戸の中に人が入るなんて、普通は危険すぎてやらないわよ」

「ああ、確かに。足を滑らせて溺れてしまいそうですからね」

萌花が納得しながらそう言うと、桜咲が訂正するように説明を加えた。

「そもそも、水の有無にかかわらず、地下深くに細い穴を掘る、という構造自体が危険を含んでいるんですよ。たとえば、理科の実験などで知っているかと思いますが、フラスコの中でろうそくを燃やしている状態でフラスコの口を狭めると、ろうそくの火はどうなるか……」

その説明を受けて、萌花も「あっ」と察した。

「ろうそくの火は消えます。それは、燃焼によって酸素を使っていくと、いずれ燃焼

できるほどの酸素が無くなってしまうから」

「そうですね。ここで言う燃焼を呼吸と言い換えても、同じ結果になるわけです」

「呼吸をすると、酸素が減って二酸化炭素が増えていく。二酸化炭素は酸素より重いから、低い位置にどんどん溜まっていく。つまり、井戸の底で人間が呼吸をしていると、いずれ酸素が無くなって、呼吸ができなくなってしまう……」

「そういうことです」桜咲は頷いて、「それ以外にも、井戸やマンホール、下水道やガスの配管工事などでは、たびたび一酸化炭素中毒による事故がニュースになっていますね。換気のできない地下空間は、酸素が乏しいだけでなく、有毒ガスが発生して残留しやすいため、無事に呼吸ができるような環境ではないわけです」

「となると、今回の井戸を調査するときも、気を付けなくちゃいけないんですね」

「そうですね。特に、井戸を埋めて潰そうとするときには、一つ、ある儀式を実施しないと大変なことが起こる、という話もあるんですよ」

「……何だか、怪談みたいな話ですね」

「まぁ実際、怪談のネタにもされていたりしますけど――」桜咲は苦笑しながら、「使わなくなった井戸を埋めるとき、業者の方は『井戸の息抜き』という儀式をやります」

「息抜き……いかにも地下の穴の中でも呼吸できるようにするっていう儀式ですね」

「実際そうですからね。いわく、『井戸には神が宿っている』『龍神が守っている』として、もし井戸を潰すときには、その神様がしっかり呼吸し続けられるように、井戸の底から地面まで届く管を通して、呼吸のための穴を作らなければならない、と」

「ああ、なるほど！　そうすることで、井戸の底に溜まっていたガスを出したり、逆に酸素を送り込んだりしていたわけですね」

「正確には、そのような『換気口』としての使い道というよりは、『緊急時の呼吸確保手段』として刺していたのではないか、と思われます。この管には節を抜いた竹が多く使われていて、そこまで太くないので換気は困難だったかと」

「なるほど。長いシュノーケルみたいな感じですか」

「そんな感じです。今は別の方法で呼吸の確保ができることから、現在の『息抜き』は、井戸を埋めた後に管を刺す、という儀式になっているところもあるようです」

「かつて行われていた重要な防災作法が、形だけでも残され、伝えられているんですね」

　桜咲は頷きながら、

「もちろん、諸説ありますけどね」

と締めくくっていた。

　すると椎名も、「そういえば――」と続いた。

「うちのおじいちゃん、地元の所沢で農家をやってるんだけど、収穫したサツマイモとかニンジンとかを保存するのに、穴蔵を使ってるのよ」

「穴蔵、ですか？」

「そ、穴蔵。うちは庭に穴を掘ってるんだけど、深さは五ｍくらいで、梯子《はしご》で下りると横穴が掘られてて、そこに野菜を保存してるのよ。それで、子供の頃は『絶対に下りるなよ』って言いつけられてて、少し大きくなってから手伝いをするようになったら、『下りる前に、このろうそくの台を紐で下ろせ。この火が消えたら絶対に下りるな』って言われてたのよ」

「それって、ろうそくの火で、酸素があるかどうかを確認していたってことですか」

「そうそう。……あぁ、懐かしいなぁ。子供の頃に、そのろうそくの火が下りていくのを見てたことがあるんだけど、しばらくしたら何もしないのに火か消えてさ、おじいちゃんったら『こりゃ幽霊の仕業だ。いま下りていくと、幽霊に殺されちまうぞ』なんて言ってたっけ」

椎名は昔を思い出すように、穏やかに微笑みながら語っていた。

「懐かしいですね」と桜咲も続けて、「そして姉さんは、『幽霊なんて居るわけないじゃん。私が火を消した犯人を捕まえてやる』なんて言いながら下りて行こうとして、祖父を困らせていました」

「……あれ？　そうだっけ？」

椎名は、とぼけているのか本気で覚えていないのか、首を傾げて苦笑していた。

穴蔵で、幽霊の仕業で火が消える……

井戸で、神様が窒息しないようにする……。

言っていることは違っても、やっていること、その意味するところは同じなのだ。

地下は空気が少ないから、地下に下りるときは、息ができるように気を付けなければいけない、と伝えているのだ。

すると、桜咲が補足するように説明をしてきた。

「所沢を含めて武蔵野と呼ばれる地域は、頑丈な武蔵野台地の高台の上に広がっています。所沢という地名は、文字通りに川の多さを表していますが、逆に、川でない所はすべて高台になっているわけです。そして、そのような地面は、いくら掘っても水が出ないのです」

「確かに、穴を掘って水が出てしまうなら、穴蔵なんて造れないですよね」

「なので穴蔵は、所沢や清瀬《きよせ》、小平《こだいら》、田無《たなし》など、台地上にある地域の農家で特に活用されているようですね。そして、今でもその特性を活用していると言えるのが、立川《たちかわ》や小平などで栽培されている東京ウドです」

「あ、前にテレビで見たことがあります。地下に掘った穴の中で栽培していて、光合成をしないから真っ白なウドが採れるって」

「あの栽培法も、地下を掘って水が出てくるような地域では不可能ですからね。掘っても掘っても水が出ないという、農業にとっては不適切な土地も、今では逆に重宝されている。そのような発想の転換は、面白いですよね」

桜咲は、心から楽しそうに微笑んでいた。

萌花も思わず、同意するように頷いた。

「あれ？　それじゃあ——」と、椎名が小首を傾げながら聞いてきた。「田無って、本当に田んぼが無いから田無なの？」

「という説が有力ですね——」

桜咲は、姉の椎名に対しても講義をするかのように話を続けた。

「あの辺りは、掘っても掘っても水が出ず、田んぼが造れないから田無と呼ばれるようになった、と。あの地域に川がまったく無いわけではないんですが、例によって、武蔵野台地を削った谷間に流れているので、その水を高台の上まで持って行って使うことはできなかったわけです」

「なるほどねぇ」

「ちなみに、田無の隣には小平がありますが、それもまさに『地面が平ら』だったことが由来とされています。要は、まったく川に削られていない平らな台地だった、と」

「あれ？　小平って、何か綺麗な小川が流れてなかったっけ？　この新小金井《こがねい》街道を進んでくと、東京学芸大《がくげい》の手前で渡るやつ」

「……あれは川ではなくて、人工の上水道——玉川上水《たまがわじょうすい》です」

桜咲は、少し呆れたように苦笑しながら、

「江戸時代、江戸の城下町に綺麗な水を届けるために、玉川兄弟が中心となって多摩川から上水道を引いた。その距離はマラソンとほぼ同じ、約四二㎞。その距離をずっと水が流れ続けるように、そして水が無かった地域に水を届けるように、武蔵野台地の下ではなく上を通しているんですよ」

「言われてみれば、学芸大の所も、その玉川上水を越えた後に下り坂になってるわ」

桜咲は頷いて、

「この玉川上水や、そこから枝分かれした数々の用水・上水が、その途中にある村々の農業用水としても使われるようになって、その結果、武蔵野台地の高台でも本格的に農業が可能になっていった、つまり定住者が増えていったというわけです」

その話を聞いて、萌花も頷いていた。

萌花の住む東久留米と、清瀬・新座《にいざ》との境には、玉川上水から枝分かれした『野火《のび》止《とめ》用水』が流れている。その野火止用水も、東久留米から坂を上った所を通っているのだ。

東久留米は、湧水や川があるため水が豊富にある。一方で、そこから坂を上った地域は——武蔵野台地の上は、川も湧水も無く、水が乏しかったのだろう。

椎名が感嘆の溜息を漏らして、

「こうして話を聞いてると、いろいろ繋がってるのね」

「繋がっているから、その結果が歴史になっているんです」

桜咲は呆れたように、だけど、やっぱり誰かに教えることが楽しいのだろう、どこか嬉しそうに呟いていた。さらに弾む声で話を続けて、

「掘っても掘っても水が出ないという武蔵野台地、そこでは、井戸が非常に貴重でした。そんな貴重な井戸がどこにあるのか、その場所を示しているのが、この街道の名前にもなっている『小金井』ですね」

「つまり、黄金みたいに貴重な井戸があったってこと？」

「という説が有力です——」

桜咲は律義に、安易な断言はせずに説明を続ける。

「小金井市は、野川《のがわ》という川が流れていて、高台と低地の差がかなり明確な地形をしているのですが、そこがちょうど『国分寺崖線《こくぶんじがいせん》』という崖が続いている地形なんです。近代化によって道を通す際、崖を坂に造り直した所が多いのですが、元が崖であるため、傾斜を緩やかにするためにかなり長い坂になっています。それでも結構、急な坂が多いですが」

「へぇ……」

そういえば、と萌花は思い出したことがあった。

以前、親戚の通夜・告別式を終えて、火葬場へ向かうとき、萌花たちはバスに乗って、都立多磨《たま》霊園の方へ向かった。そのとき、ＪＲ武蔵小金井駅を過ぎた所で、急勾配で長い下り坂になっていたのだ。

あの辺りが国分寺崖線――その崖を坂に造り替えた場所だった、ということだ。

「崖というのは、地層がむき出しになる場所でもあるので、そこから地層内の水が湧き出してきます。それは逆に言えば、崖のような大きな抉《えぐ》れ方をしないと、水が出てこないということ。台地の上から地中の水まで辿り着くのは非常に困難だった、ということにもなるわけです――」

桜咲は、まるで当時の人々の苦労を偲《しの》ぶように溜息を混じらせて、

「それでも、知恵を絞って台地の上に造られた井戸もありました。それは相当深く掘らないといけないわけですから、最初から細い穴を掘ると、技術不足で崩れてしまったり、それこそ酸欠になって掘り進めることができなくなったりしていたのです。そこで武蔵野地域では、まず最初に、すり鉢《ばち》状に広く深く掘って、そこからさらに細く深く掘っていく、という形の井戸が造られていました」

「理科の実験とかで使う漏斗《ろうと》みたいな形ですか？」

「そうです。そのような形にすることで、深さを稼いだわけです。そして、すり鉢状の部分を、ちょうどぐるぐると回転しながら下りていくような通路にしたのです。その形を上から見ると、ちょうどカタツムリの殻のように見えることから、カタツムリの別名である『マイマイ』を使って『まいまいず井戸』と呼ばれることもあります――」

昔の人たちは、たとえ現在のような技術が無くても、知恵を使って補っていたということだ。そのことがひしひしと感じられる。

「他にも武蔵野には、『ほりかねの井』と呼ばれる名所がありました。あの清少納言《せいしょうなごん》も、『枕草子』の中で『井は、ほりかねの井』と称していたり、紀貫之《きのつらゆき》や西行《さいぎょう》なども歌にしているくらいですので、京都にまで聞こえるほど有名だったようです」

「へぇ……」

清少納言の『枕草子』といえば、『春はあけぼの』とか『冬はつとめて』という表題のようなものを挙げながら、美しいもの、素晴らしいものを褒め称《たた》えている古典文学だ。

萌花は、序盤こそ覚えるほどに読み込んでいたけれど、実は全文を読んだことはなかったので、この井戸の話は知らなかった。

「ただ残念ながら、その場所は特定されておらず、候補地は複数あります。恐らくは、狭山市の堀兼《ほりかね》神社の境内にある井戸跡か、同じく狭山市内で、西武新宿線の入曽《いりそ》駅近くにある七曲井《ななまがりのい》のことではないか、と言われています。この七曲井は、典型的なまいまいず井戸の形をしているのですが、実は、すぐ隣に不老川《としとらず》という川があるのです」

「すぐ隣に川があるのに、井戸を掘ったんですか？」

「掘ったんですよ。というのも、この不老川は、雨が減ってしまう冬にはいつも涸れてしまっていたので、年越しのタイミングで川が姿を消していたのです。昔の日本は年の初めに年齢を重ねる『数え年』だったわけですが、そのタイミングで姿を消してしまうこの川は年を取らない……ということから、『不老川』の名が付いたと言われています」

――諸説ありますけれど。

「へぇ」名前の由来の話は、やっぱり面白い。「だから、川のすぐ隣に井戸を掘る必要があったんですね」

「そうです。川の近くであれば、掘れば水が出るということは解っていたでしょうし」

「川ですら水が流れなくなる……。武蔵野台地は、とても過酷な土地だったんですね」

自分たちが何不自由なく暮らしている土地は、かつてどれほど暮らしにくい土地だったのか……。

そして、それを数百年も……千数百年もかけて、便利な土地に変えてきた……。

そこには、萌花の想像が及ばないほどの苦労があっただろうし、何より、とんでもない知恵と技術が使われてきたのだろう。

「他にも、東村山市《ひがしむらやま》や清瀬市を流れる『空堀川《からぼり》』も――かつては『砂川《すな》』とも呼ばれていましたが――その文字通り、水の流れない『空堀』、あるいは『砂』しか流れていない川、という意味で名付けられています。現在は、浄水場があるので流量の制御がされていますが、やはり雨が降らないと水が流れないような川になっていますね」

「……本当に、この地域にとっては、井戸は黄金のように大切なんですね」

萌花はしみじみと呟いていた。名前の由来の面白さと共に、この地域の歴史が、まさに大地に刻まれているようにも思えた。

そして、萌花はこの話を聞きながら、今回の依頼についても考えてみた。

掘っても掘っても水が出ない。

黄金のように貴重な井戸。

これらの言葉は、今回の『宝の井戸』にも関係している言葉だ。

「ということは、先生、多摩川の隣に掘られた宝の井戸も、狭山の七曲井みたいに、貴重な井戸であることを示して……いるわけじゃないですね――」

萌花は、桜咲に問いかける途中で、自分の考えが間違っていることに気付いた。

「多摩川が涸れたなんて聞いたことがないですし」

「そうですね。狭山や田無などは、武蔵野台地の上にある土地ですが、今回の日野のように多摩川の流れる地域は、先ほど話した国分寺崖線の下にありますから。水の確保に苦労することはなく、むしろ水が多すぎて、水害に苦しんできた——今も悩まされている地域になります」

「ということは、日野の『宝の井戸』の意味は、『小金井』の由来とは違ってくる、ということですね。少なくとも、水が貴重だからという意味ではない、と」

「ええ。多摩川の豊富な水を、良くも悪くもしっかり受けている地域ですから。……ただ」

「ただ？」

「逆に、多摩川の近くにありながら水が出ない、という点は異常です。そこに、『宝』の意味もあるとは思うのですが……」

桜咲は考え込むように黙ってしまった。

萌花たちを乗せた車は、玉川上水を越えて、長い坂を下っていく。

武蔵野台地の上から、かつて崖だった所を、下りていく。

3

東京・日野市の北端を流れる多摩川。その河川敷からほど近い位置に、戸松家はある。

区画整理されている住宅街からは一線が画されていて、鬱蒼《うっそう》と生い茂る雑木林が深緑の境界線となっている。上空からの地図で見ると、ポツンと一軒だけが河川側に取り残されているような状況に見える。

雑木林の間を抜ける未舗装道路を通った先に、建物の壁が見えた。あれが戸松家だ。

建物自体は、すみれの母・保江が相続によって所有することになった際に建て替えたものだという。築四〇年近い。それをすみれが所々リフォームをしつつ、今は一人で住んでいるとのことだった。

椎名が家の前に車を停めて、萌花たちが降りていくと、玄関の戸が開き、スッと半身だけを覗かせるように、女性が姿を現した。

細身の――あるいは病的と言えるほどの――体躯をしている。戸に隠れて半身だけ見せているのは、むしろ戸を摑んでいないと倒れてしまうからなのではないか、とすら思える。

「ようこそ、おいでくださいましたね。戸松すみれと、申します」

消え入りそうな、だけど歌うような澄んだ声。

「ご依頼いただき、ありがとうございます。桜咲椎名です。こちらは助手の梅沢、そしてこちらは、専門家として協力していただく、民俗学者の桜咲竜司です」

椎名が、こちらのメンバーの代表として、萌花と桜咲を紹介していった。

めいめい、軽く挨拶を交わしながら会釈をする。ただ、その間も、すみれの視線はたびたび桜咲に向けられていた。

桜咲もそれに気付いていたらしく、

「ご質問などがあれば、お気軽にどうぞ」

とにこやかに話していた。

「あ、いえ、その……」すみれは不安げな表情で言い淀みながらも、視線は桜咲に向けられたまま、「先生のことは、テレビなどでも存じ上げております。その、災害伝承というものをご研究なされているのだと」

「ありがとうございます。伝承を研究している身としては、こうして知られていることがとても嬉しいです」

本当に嬉しそうに、声を弾ませる桜咲。

実際、災害伝承を研究する以上は、その伝承が知れ渡っていくことこそが重要となる。桜咲は、そのためにメディア出演を積極的にしているのだから、それは嬉しいだろう。

一方、すみれは不安げな表情のまま、

「それで、先生は、今回どのようなご協力をしていただけるのでしょうか？」

「そうですね。私が一番気に掛けているのは、今回の依頼内容と、関東大震災との関係について、ですね」

そういえば……と萌花も思い出した。

今回、桜咲は、この依頼が関東大震災に関係しているから同行している、と言っていた。

すっかり別の話で盛り上がっていたので、萌花の意識から抜け落ちてしまっていたのだ。

「関東大震災、ですか……」

すみれは、変わらず消え入りそうな声で、

「それは、私も生まれていない頃の話でございますので、お力になれるかどうかは解りませんが……」

「大丈夫です。そのようなときであっても調べ上げるのが、我々研究者なので」

それは、とても心強い言葉のように聞こえた。

ただ、すみれの視線は、とても不安そうだった。

立ち話も程々に、萌花たちはまず、実際の『宝の井戸』を見せてもらうことにした。家屋の西側、緑の葉が繁茂するフジの棚を潜り抜けて、マツやモミジの間も潜るように抜けていく。大地に根付いた草木の他に、盆栽も多く並んでいる。

まるで植物園だ。と言っても、綺麗な通路は確保されていない。すみれの管理が及ばずに、生長に任せきりになってしまっているのだろう。所々に根が盛り上がり、中には、盆栽の鉢を突き抜けて割っているものすらあった。

足元に注意しながらさらに進んで行くと、目的の古井戸があった。

円柱形の石積みの枠が、庭木の緑に侵食されていて、ほとんど一体化している。周囲に土や砂が積もっているのか、枠組みの高さは五〇㎝も無い。これでは、もし近くで足を滑らせようものなら、井戸の中に落ちてしまいそうだった。

屋根も蓋も無い。釣瓶《つるべ》なども無い。直径八〇㎝ほどの穴が、ぽっかりと開いている格好だった。

萌花たちは、それぞれ慎重に井戸に近づいて行って、中を覗いてみた。

「あら。思ったより浅いわね」

椎名がなぜか残念そうに言っていた。

井戸の深さは五mほど。たしかに思ったよりは深くないけれど、決して浅いわけでもない。陽の光は、薄ぼんやりとしながら底まで届いていた。

「水は、やっぱり無いみたいですね」

萌花は確認するように言った。薄暗い中でも、井戸の底には石しか無いということが見て判った。

「そうですね」すみれが説明を加えた。「母の記憶が確かならば、地震より数日は、井戸にもまだ水があり、普通に使えていたそうです。ですが、その数日の間に、まったく水が出なくなってしまったのだと」

そこに桜咲が質問をする。

「それは、保江さんが例の『福の神さま』を見掛けたときでもあるわけですね?」

「そうですね。明言したことはなかったですが、時期としては一致しているかと」

そのとき、萌花は思わず小首を傾げた。

「あの、すみれさんのお手紙の中では、この井戸があったおかげで震災時に多くの人の命が救われた、という話がありましたよね。となると、たった数日で水が涸れてしまったというのと、少し齟齬《そご》が生じるような気がするのですが」

水が無くなっていたのなら、どうやって震災時に人々の命を救ったというのだろう?

その質問に、すみれは顎に手を当てて視線を落としながら、

「……考えてみると、そうですね。ただ私の祖父は、間違いなくそう言っておりました。この井戸が多くの人の命を救ったのだと。とはいえ、私も細かい日時までは聞いておりませんでしたので、あるいは、震災による火災を抑えるために、この井戸の水を大量に使い、そして使い切ってしまったということなのかもしれません」

「なるほど……」

萌花はそう言ったものの、正直、あまり納得できていなかった。

その結果、「うーん……」と、萌花の唸《うな》る声だけが辺りに響いてしまった。まるで自分の発言が待たれているような雰囲気になってしまって、気まずい。現段階では違和感を覚えているものの、その正体が何なのかは解らないのだ。もちろん、この宝の井戸の正体もまったく解らない。

すると、椎名が空気を切り替えるようにぱんっと手を打って、

「まぁとりあえず、調査してみないと何も確証は持てないわ。さっそく中に入って調査しましょう」

そう言いながら、おもむろに準備体操を始めた。

「えっ？　椎名さん、井戸の中に入るんですか？　あれだけ危険だっていう話だったのに」

「そりゃ、危険だからって、やらないわけにもいかないじゃない」

「それは、でも、椎名さんが中に入るんですか？　先生じゃなくて？」

萌花は思わずそう聞いていた。

椎名の性格ならきっと入りたがるだろうとは思っていたけれど、安全面を考えると、女性の体力で入るのはどうなんだろう、と。

「あぁ、それなら――」椎名が含み笑いをしながら言ってきた。「竜司の奴は、部屋の中に閉じこもってばかりだから体力が無いのよ」

「なるほど」

萌花は納得した。

「なるほどじゃないだろ――」

桜咲は納得していなかった。溜息混じりに呟いて、

「今回の作業は、井戸の中に入って動き回ることだけでなく、もし酸欠になったらどうするか、というリスクを管理しないといけません。そのとき考慮すべきことは二点あります。『酸欠になりにくい人が中に入る』ようにするか、『中に入った人が酸欠になったときに、迅速に引き上げられる』ようにするか」

「あっ。なるほど」

萌花は今度こそ納得した。

「実際、自分が酸欠になりやすいかどうかなんて調べたことはありませんし、正直、私と姉さんとで明確な差があるとは思えません。だとしたら、ここで優先すべきは、中に入った人が酸欠になってしまったときの対処です。ということで、もし姉さんが気を失っても引っ張り上げることができる、という体制で挑むわけです」

「解りました」萌花は大きく頷いて、椎名に向き直る。「私もいざというときは、協力して引っ張り上げますね」

「ありがとう萌花ちゃん。私の残りの人生を託したわ」

「……そう言われると、ちょっと重いです」

「失礼な。ダイエットしてるわよ」

「いやそっちの意味じゃないですって」

……それに、ウエストのサイズを考えると、きっと椎名さんの方が私より軽いんだ。

そう思うと、萌花の心が重くなりそうだった。

すると、桜咲が苦笑混じりに言ってきた。

「本当のところは、姉さんがどうしても井戸の中に入ってみたいというので、こうなったんですけどね」

「なるほど」

萌花はこれ以上ないほど納得した。

確かに、椎名は見るからに楽しそうで、準備体操もまるでダンスをしているかのようだった。

「まぁ、あまり重く考えないで大丈夫ですよ――」

桜咲が、萌花を安心させるように軽い口調で言ってきた。声を抑えているのは、椎名に聞こえないようにするためか。

「姉さんは、確かに人の嫌がることばかりしますけど、人が本気で嫌がることは絶対にしません。だから姉さんは、よほどの不注意がない限り怪我もしませんし、自分の命を危険にさらすことは絶対にありえません――」

それは、とても回りくどい口調ではあるけれど、一種の惚気《のろけ》のように聞こえた。

それほど本気で、椎名の身体を心配している人がいるのだ、と。

「姉さんは、まだ梅沢さんとは距離を摑もうとしている段階だと思われます。もし距離感が判明してしまったら、きっと酷いことになりますから、覚悟していてください」

「……解りました」

萌花は苦笑交じりに返していた。

……椎名さんが先生に遠慮しないのって、先生にはそこまでやっても絶対に嫌われないって確信してるからなんだろうな。

……私もいつか、椎名さんとそういう関係になるのかな？

萌花は思わず、そんな未来が楽しみになって、そして、ちょっと怖くなった。

「さぁ、始めましょう」

椎名が高らかに宣言する。

ジャージ姿で、腰縄を付けられた状態で。

……これじゃあ、まるで被告人。

萌花がそんなことを思っていると、桜咲がぽつりと呟いていた。

「いつかやると思ってました」

萌花は思わず吹き出してしまった。このタイミングで言われてしまったら耐えられない。

「……萌花ちゃんも、だんだん私に遠慮が無くなってきてるわよね」

椎名の視線が痛い。

「す、すみません。悪気があるわけじゃないんです」

「解ってるわよ。悪いのは竜司だから」

そんな軽口を叩き合いながらも、準備は着々と進んでいた。

椎名が井戸の中に入るその前に、井戸の中の酸素を確認する。車内でも話していたように、アウトドアでも使えるオイルランタンをロープで結んで、火を点けてから井戸の中に下ろしていった。井戸の壁が、オイルランタンの炎の明かりで照らされていく。上から見る限り、そこに異変や特徴的なものは、特に見当たらなかった。

その光景は、どこか幻想的にも思えた。まるでゲームや映画の世界のような。

「火、消えませんね」

「そりゃね。あの火がすぐに消えるようなら、どれだけ危険な状態なのって話だし」

「あ、確かに」

そんなとりとめのない話をしながら、五分間。

オイルランタンの火は、点いたままだった。

「この井戸には蓋が無いみたいだし、おかげで空気は十分に循環しているみたいね」

「だからって、油断は禁物だ」

「解ってるわよ。ちょっとでもヤバいと思ったら無理に進まないし」

そう改めて安全を確認しながら、オイルランタンを引っ張り上げて、その代わりに梯子を下ろしていった。この梯子は、戸松家の庭木の剪定《せんてい》用として置かれていた物だ。

椎名は、カメラや小さなシャベルなどを入れたバッグを持って、一歩一歩、一段一段の安全を確認するように、ゆっくり下りていく。頭が完全に地下に入った辺りで、椎名がレポートを始めた。

「壁は、特に異常も特徴もないわね。崩れないように石が積み上げられて補強されてる、普通の井戸って感じ」

椎名はさらに進んで、ライトを点けた。さすがに三人が井戸を覗き込んでいる状態では、井戸の奥まで陽の光は入らない。

「着いた」という声とともに、ザザッと底を踏みつける音が響いた。

五m下の地下に立つ椎名。当然ながら、手を伸ばし合っても届かない。そのことを意識してしまったら、萌花は急にぞわりと怖気《おぞけ》立《だ》った。

いざというときに椎名を助けられるかどうか、という不安。ただ、今の萌花の隣には、桜咲がいてくれる。それを意識することで、少し安心してきた。

……でも、そうか。

これが、もし井戸の中に入っているのが桜咲で、隣にいるのが椎名とすみれだったとしたら、今のこの不安は、解消されることがなかったのだ。

そして、いざというときの対処も、難しかったに違いない。

桜咲姉弟と一緒にいると、いつも『適材適所』という言葉が浮かんでくる。それは、この姉弟が隙のないほど適材適所を実践しているからなのだと、改めて感じた。

「底は、石が敷き詰められてる感じね――」

井戸の底では、椎名が飛び跳ねながら力強く底を踏みつけてみたり、底の石を足でほじってみたりして、状態を調べていた。

するとふいに、「違う」と椎名が呟いていた。

「これは、石を敷き詰めたっていうより、放り込んだように適当な感じ――」

そして、バッグからシャベルを取り出すと、おもむろに底を掘り始めた。

「ほら、すぐに土が出てきたわ。しかもこれ、赤土よ。これが赤い理由は、酸化鉄。こんなのが井戸に入ってたら、水が濁って鉄臭くなって、使い物にならないわ」

「ということは、この井戸は……」

桜咲が述べる前に、椎名が言った。

「まるで、意図的に埋めた後みたい……ぅわっ？」

「どうした？　何があった？」

椎名が何かに気付いた瞬間、桜咲が声を掛けた。咄嗟にロープも引こうとしている。

「大丈夫。別に問題が起きたわけじゃないわ――」椎名は、桜咲の機敏すぎる反応に苦笑しながら、「ちょっと、予想外の物を見つけちゃったのよ」

「予想外の物？」

桜咲の声に合わせるように、萌花も口に出していた。

すると椎名が、井戸の底に積もった石や土をよけながら、その一角をライトで照らした。

そこには、黒ずんでボロボロになった、木の枝のようなものが刺さっていた。ただよく見ると、それは枝ではなくて、円筒状の形をしていて……。

「これ、『息抜き』の管よ」

椎名は言いながら、その管を掴んで、引き抜こうとしていた――抜けない。それどころか、まったくぶれない。しっかりと、奥深くまで刺さっている。

まさに、先ほど話していた『井戸の息抜き』のための管だ。

「あ、あの、息抜きというのは、どういうことなのでしょうか？」

すみれが不安そうに聞いていた。

そこで桜咲が、井戸を埋める際の儀式について、現実的な解釈も加えながら説明をした。

それを聞いたすみれは、ハッと何かに気付いたように、

「……ということは、この井戸は意図的に埋められていたということですか？　母が『水が出なくなった』と言っていたのは、このためだったと？」

「その可能性はありますね――」桜咲は断定を避けるようにしながら、「戸松さんご自身は、この井戸をどなたかが埋めた、という話を聞かれたことはありませんでしたか？」

「い、いいえ。そのような話は、まったく――」

すみれは困惑しながら、首を横に振る。

「私が生まれたときには――記憶のある限りでは、この井戸は初めから、まったく水の出ない古井戸でしたから」

「ということは、やはり、保江さんの時代、あの話に出てきたときに埋められていた、と考えられるか……」

桜咲は独り言のように呟きながら、考え込んでいた。

「……ただ、だとしますと、この井戸が多くの人々の命を救った、という話とは矛盾してしまうのですよね。井戸を埋めてしまったら、水は使えなくなってしまうのですから」

すみれは、不安や困惑が入り交じったように、消え入りそうな声で言っていた。

……井戸は埋められてしまっていた。だから、使うことはできなくなった。……だから、『宝の井戸』ではなくなってしまった……？

すみれの話を聞いた萌花は、情報を整理しようとしていた。すると何やら、違和感を覚えた。だけど、その違和感の正体が解らない。何か、今の言葉の中に引っかかる点があったのだけど……。

井戸の外では、三人ともが悩ましげな顔をしたまま、黙りこくってしまった。

「でも、おかしな話よね――」

と、井戸の中から声が響く。

「井戸を埋めるにしても、こんな中途半端な深さを残すなんて。これじゃあ、わざわざ水を出なくするためだけに埋めたみたいだわ」

確かに、椎名の言う通りだった。

これが途中で終わってしまっただけなのなら、息抜きの管は刺さっていないはずだ。それが、この時点で息抜きの管が刺さっているということは、意図的にこの深さを残して埋めた、ということになる。

ここに、この『宝の井戸』の謎を解く鍵がある、と萌花は確信した。ただ、肝心のその鍵は、まだ見つけられていない。

井戸の中では、椎名の調査が続けられていた。それまで考え込んでいた桜咲がそれに気付いたのか、ハッとした様子で、改めて井戸の中を注視していた。

椎名は、壁を強めに蹴ってみたり、底に五〇㎝ほどの針金を刺してみたりしていた。

「針金は、全然濡《ぬ》れてないわ。少なくとも、ここから五〇㎝くらい下までは水が無いってことになるわね」

「なるほど……」桜咲が、悩ましげな表情を崩さないまま言った。「しっかりと埋められている、ということか」

「踏んでいる感じも、けっこう固いわよ。これは完全に、井戸の機能を潰そうとして埋めているとしか思えない。これじゃあただの細長い穴蔵だわ」

――かくれんぼには最適ね。

と、椎名は冗談めかして言っていた。

……隠れられたとしても、ちゃんと出られるのかどうか。……見つけてもらえるのかどうか。……酸素はいつまでもつのか。

萌花は、思わず自分が井戸の底に取り残された光景を思い浮かべてしまって、悪寒が走った。萌花はそれを誤魔化すように、椎名に声を掛けた。

「他には、何か変わった物はありそうですか？」

「そうねぇ……」椎名は井戸の中をぐるりと見回した。「これと言って、特に見当たらないわ。とりあえず長居するのもアレだし、この底にある石を拾って上に行くわね」

椎名はそう言うと、底の石を袋に詰め込んで、ゆっくり、慎重に梯子を登って井戸から顔を出してきた。すかさず桜咲と萌花が落ちないように支えて、椎名は井戸から脱出した。

さすがに、ジャージが土や砂で汚れてしまっていた。ただ、泥や水で汚れたような所はまったくなかった。どれも乾いてサラサラした汚れだった。

「お疲れさまです」萌花はウェットティッシュを差し出しながら、「具合は大丈夫ですか？」

「ありがと。大丈夫よ。特に息苦しさもないし」

その返答に、思わず安堵する。

萌花たちは、いったん井戸の前から去り、日当たりの良い庭の一角まで戻ってきた。そしてそこで、椎名が取ってきた数個の石を確認した。

どれも、尖《とが》った角が無い、丸みを帯びた白っぽい石だった。手で触っても痛くなるような所が無く、どこもすべすべしている。

「これは、河原や川底にあるような石ね」椎名が言う。「水に流されて転がるうちに、こうして角が丸みを帯びていくのよ。綺麗な物だと庭に敷いたりするわね。すみれさん、これは多摩川の石でしょうか？」

椎名から質問を向けられたすみれは、相変わらず不安げな様子で、

「恐らく、そうかと思います。井戸のあった場所から、さらに奥の茂みに入っていくと、すぐ多摩川の土手に当たります。昔はそこから河原まで下りられたのです。土地の境界も曖昧で、親が言うには、河原の一部も戸松家のものだった、とか。その辺りはちょうど草木で陰になっている場所もありましたので、川で遊ぼうとする人たちが着替えに使ったりもしておりましたね」

かつての思い出を語りながら、寂しそうな笑顔を浮かべていた。

「それなら、この川の石も採り放題だったわけか。木陰に隠れてこっそりと」

椎名が冗談めかして言う。

「いいえ、多摩川の砂利は採取規制がありますので、自由に採ってはいけませんよ」

「あ、はい、大丈夫です。冗談ですので」

すみれに律義な突っ込みをされてしまって、椎名はばつが悪そうに苦笑していた。

そして手持ち無沙汰《ぶさた》に、井戸の底から持ってきた石を手で弄んで、カチカチと鳴らしていた。

「宝の井戸にあったのは、この石だけ。どうせじゃらじゃら鳴るなら、お金を隠している井戸だったら凄かったのにねぇ」

そんなことを冗談めかして言う椎名。

少なくとも、椎名自身はお金にまったく執着していないのに。それどころか、萌花に対してスーツをただで貸してくれたり、アルバイトの後は車で送ってくれたりもしてくれる。何かと萌花の出費を抑えようとしてくれているほどなのだ。

そのことをよく知っている萌花は、思わず頬が緩む……

ふと表情が固まった。

今の話の中で、萌花は再び違和感を覚えた。

井戸の周りで、じゃらじゃらと鳴っていた物。それが本当にお金だったら、それこそ文字通りに『宝の井戸』であり、みんな幸福になれるだろう。

だけど実際は、お金なんかじゃなかった。

それでも、この戸松家の井戸は、『宝』の井戸と呼ばれているのだ。

『福の神』が宿っているなどと言われたりもしていた。

そして現に、すみれの祖父・千寿は、この井戸のおかげで今の戸松家がある、というようなことも言っていた。

だが、この井戸は、水が出ない涸れ井戸だった。

そして実際に、井戸の中にあるのは石と土だけだった。そもそも、水が出ないように埋められた痕跡すらあった。しっかりと息抜きまでして。

そんな井戸に、いったいどのような『宝』としての価値があるというのか……。

そこで、萌花は気付いた。

この井戸を『井戸』として評価しようとしたら、確かに価値は無いかもしれない。

そこに水は無いのだから。

だけど、井戸としての価値ではなく、もっと単純に、ここに在るもの同士を結びつけて考えてみたら……。

この井戸には『水が無い』のではなく――

『石が在る』んだ、と。

夜な夜な、じゃらじゃらと音を鳴らして運ばれる『宝』――あれがすべて、石だったとしたら？

「萌花ちゃん、どうかした？」

「え？　あ……」

椎名に声を掛けられて顔を上げると、いつの間にかみんな先を歩いていた。萌花は考えに耽《ふけ》るあまり、みんなが歩き出したことに気付いていなかった。

「もしかして、何か閃いた？」

椎名が一瞬にして萌花に詰め寄ってきていた。ジッと期待の眼差しが向けられる。

「あ、いや、閃いたというほどのことではないかもしれないんですが……」

「萌花ちゃん、変なところで自信をなくさないの――」

椎名が苦笑しながら、だけど強い語気で叱咤《しった》してきた。

「萌花ちゃんが口に出してくれないと、こっちは何も解らない。プラスもマイナスも評価のしようがないんだから。まずは何でもいいから言っちゃえばいいのよ。それでもし本当に変なことを言ってきたら、こっちは思い切り笑ってあげるから、一緒に笑いましょ」

「椎名さん……」

こんなことを言われたら、自分の意見に自信がなくても、とりあえず言ってみてその反応を見てみたくなってしまう。

萌花は、一つ深呼吸をしてから、さっき思い付いたことを言ってみた。

「ここの井戸は、水が無くても『宝の井戸』と呼ばれていた、ということになりますよね。むしろ、自分たちで埋めてしまって、水を無くしてしまったようでした」

「ええ、そうなるわね」椎名がタイミング良く相槌を打つ。

「ということは、そもそもこの井戸の価値は、水にあるのではなく、この埋められた状態の井戸の中にある物にこそ価値がある――『宝』なのではないか、と思ったんです」

「……つまり？」

「その石が――」萌花は椎名の持っている石を指さしながら、「この井戸にとっての『宝』なのではないか、なんて……」

萌花は最後の最後で自信がなくなってきて、つい誤魔化すような語尾になっていた。

「この石が？」

椎名は手元の石をまじまじと見つめていた。カチカチと、じゃらじゃらと、音が鳴る。

萌花も釣られるようにジッと見つめる。どう見ても、ただの石だ。自分で言っておいて何だけど、この石が宝だとは到底思えなかった。

「私には、ただの石にしか見えないけど」椎名が真剣に答えた。

「はい。私にも、そう見えます――」

萌花はそう返すしかなかった。

「ま、まぁ、単なる言葉遊びみたいなものだったので、そんな気にしないでください」

萌花は声が上ずりながら、乾いた笑いを漏らしていた。

「萌花ちゃん、ごめんなさい。私の力では面白くできなくて」

椎名が真面目な声音で謝ってきた。

「う、いえ、と、とりあえず、他にもいろいろ調べて回りましょうか。その間にも、考えることはできますし」

萌花は早くここを去りたくて、椎名に先を促した。

「それではすみれさん、ここから多摩川の方へ抜ける道を、確認してもよろしいですか？」

「ええ。それはもちろんです。ですが、かつては獣道があったものの、今は草木の生い茂るままになっているため、大人が通り抜けるには苦労をされるかと」

「ありがとうございます。汚れることや苦労することは織り込み済みですので、問題ありませんよ」

椎名が言いながら目配せをしてきたので、萌花は頷きを返した。

ただ、桜咲は何かを考え込んでいるのか、何の反応も示さず微動だにしていなかった。

……まるで、岩瀬堂薬局で三分間だけ待っていたときみたい。

そう思うと、声を掛けるのは躊躇われた。

「ああ、こうなったら竜司は返事もしないしまったく動かなくなるから、しばらく放っておきましょ」

椎名が軽い口調で言ってきて、萌花の肩を押すように先を促した。

「あ、あの、私は、ここでお待ちしておりますので」

ふいに、すみれが慌てたように、震える声で言ってきた。

椎名は小首を傾げて、でもすぐに納得したように頷いて、

「ああ、そうですよね。汚れたり枝が引っ掛かったりしては大変ですし」

「い、いえ、それもあるのですが、そうではなくて……」

すみれは、言い淀むように俯いていた。ただ、すぐに意を決したように顔を上げて、言ってきた。

「……その、子供の頃に、茂みを通って多摩川に行くことを、祖父から激しく怒られたことがありまして。実は、今でも少々、怖いのです」

「なるほど。それがトラウマになっているんですね――」

椎名は優しい声を掛けながら、

「確かに、川で遊ぶのは危険ですからね。親御さんの立場からしたら、心配するあま

り激しく怒ってしまったのかもしれませんが」

「あ、はい。それは確かに、そうなのですが——」

すみれが、どこか気圧されたような感じで同意していた。

「その、私が怒られたのは、そのような理由ではなかったのです」

「と言いますと？」

「……その、祖父が言ってきたのは、こういうことなのです。『福の神さまの邪魔をするな』と」

萌花と椎名は、思わず顔を見合わせていた。

ここでまた『福の神さま』が出てくるなんて。

しかも、今回の話は関東大震災のときのものではないのだ。すみれ自身が体験した話なのだから。

「その話は、いつ頃のことでしょうか？」

椎名が普段より落ち着いた声で聞いていた。萌花はまだ混乱している状態だというのに。

「その、私が九歳のときの冬でしたから……一九四六年の一月か二月。戦後間もなくのことでございました」

「そのときのことを、詳しくお話しいただけますか」

「詳しく、と申されましても、私はただ、冬の太陽が沈んですぐの頃合いに、あの茂みを通ろうとしたところ、ふいに祖父に怒鳴られてしまった、というだけなのです。いつも通っていたのに、その日は、なぜか……」

「では、すみれさんは、福の神さまの姿を見たわけでも、声を聞いたわけでもない、ということですね」

「その通りです。なので、母の話と違いがないと思いましたので、お話ししていなかったのですが……」

すみれは、消え入りそうな声で申し訳なさそうに言った。

「いいえ、とても有益な情報ですよ。ありがとうございます——」

そう答えたのは、桜咲だった。

先ほどまで鹿爪らしい顔で固まっていたのに、今は、とても楽しそうに微笑んでいる。自信に溢れた目をしながら。

「おかげで、今回の『宝の井戸』の伝承が伝えようとしていた意味を、すべて解明することができました」

「……え？」萌花とすみれの声が重なっていた。

「それじゃあ、さっそく話してちょうだい」

椎名はまったく動じることなく、弟の説明を促していた。椎名は解っていたのだろう。あの状態の桜咲をしばらく放っておけば、真相に辿り着くだろうと。

あれは、桜咲の頭の中にある資料を整理していたのだろうから。

桜咲は、ゆっくりとした足取りで井戸に近づいて行きながら、

「この『宝の井戸』は、水が出ないよう埋められていました。それは、やはり一〇〇年前、保江さんが『福の神さま』たちを目撃した頃に遡ります。そしてあのときから――埋められたときから、この井戸は『宝の井戸』になったのです」

「埋められたから宝の井戸になった……。それってつまり、萌花ちゃんが言っていたみたいに、水は宝じゃなかったってことね？」椎名が確認するように聞いた。

「そうです」桜咲は萌花を見ながら頷いて、「あのときの、梅沢さんの発想の転換を聞いたことで、この戸松家の伝承と、ある歴史的な事実が繋がったのです」

「それって、宝の井戸の『宝』は、石だということですか？」萌花が聞く。

「まさに、それです」

桜咲は力強く頷いた。

「でも、これって多摩川の石でしょ？」椎名が石を見せながら言った。「何の変哲もない川の石が、宝になるなんてことがあるの？」

「ある」

桜咲は断言して、

「この多摩川では、石が途轍《とてつ》もない価値を生み出していたときがありました。そして、その価値が最大限になったときに、福の神たちが戸松家を訪れていたのです。保江さんが見た関東大震災のときと、そして、先ほどの話にもあった、すみれさんが千寿さんに怒られてしまった子供時代――終戦直後のときです」

「関東大震災、そして終戦直後に訪れた、福の神さま――」

萌花は、それらを確認するように呟きながら、ハッとして目を見開いた。

「東京が大打撃を被ったとき、その復興の工事のために、多摩川の石が使われていた！」

「そういうことです」桜咲は楽しそうに頷いて、「具体的には、多摩川の砂利をコンクリートに混ぜることで、コンクリートの安定性が増すのです。なので、まさに関東大震災や戦争からの復興を目指す中で、価値が高まっていたのです」

――それこそ、『多くの人々の命を救う』ことになったでしょうね。

桜咲は、すみれの話に出てきた千寿の言葉を使って、語りかけた。

「つ、つまり――」

すみれが、震える声を絞り出す。

「戸松家の『宝の井戸』の正体は、大震災や戦争からの復興の際に、多摩川の砂利を採取して貯《た》め込んでいた井戸――宝を隠していた井戸だった、ということでしょうか？」

「はい。隠していたんです。周囲には秘密になるようにして」

「そ、それは、祖父が利益を独り占めしていた、ということなのでしょうか？」

不安そうに聞いてくるすみれに、桜咲は教え諭すように伝える。

「それは違うと思いますよ。千寿さんは一人ではなく、福の神たちと一緒に作業をしていたのですから」

「あっ！　福の神……福の神たち。あの人たちが、私の祖父母と一緒に、多摩川の砂利を採取して売っていた、ということですか」

「そうです」桜咲が、しっかりと頷いていた。

「……それは、無断で砂利を集める泥棒だから、こっそりと、顔を隠して？」

「いいえ。恐らく、そうではありません」

桜咲が、優しい声で補足をするように語る。

「もっと深刻に、顔や姿を隠さなければならなかった者が、一緒に働いていたのだと思います。……いや、姿を見られるよりも、声を聞かれたらまずいんでしたね」

「声を、聞かれたら……？」

「そう仰っていたはずです。一〇〇年前、千寿さんが保江さんに、『福の神の声は聞いてはならない』と」

「あ、あのペチャクチャと言っていたという……何と言っていたのかは判りませんが」

「そうですね。本当に『ペチャクチャ』と聞こえていた、と保江さんも仰っていたそうですし、きっとそうとしか聞こえない声だったのでしょう」

「それは、どういうことでしょうか？」

「保江さんにとって、まったく聞いたことのない言葉——外国語だったのだと思います」

「あっ⁉」

萌花と椎名とすみれ、三人の声が綺麗に重なっていた。

桜咲の説明によって、すみれが語った物語と、この日野に伝わる歴史、その二つが綺麗に交わっていた。

すみれは、一言一言を噛みしめるように言う。

「当時、日野に暮らしていた朝鮮半島や中国の人が、戸松家の人々と一緒に、働いていたんですね」

「はい。そう考えることで、伝承がすべて合理的に説明できます。なぜ千寿さんたちが井戸を埋めなければならなかったのかも、なぜ真実を隠して『福の神さま』という存在を語らなければならなかったのかも。……そして、なぜ保江さんが、すみれさんに伝承を残したのかも」

すみれがすべてを察したように、溜息を漏らした。

言葉を失うすみれに代わって、桜咲が語る。

「震災後は、この辺りにも『朝鮮人が暴動を起こした』とか『朝鮮人が毒を入れた』というデマが蔓延《まんえん》していたと、保江さんも言っていましたね。そのような状況で、『朝鮮人らと一緒に砂利を採取していた』という話が知れてしまったら、協力していた朝鮮人や中国人は確実に迫害され、あるいは殺害され、そして日本人である千寿さんやその家族までも『暴徒の仲間』とされて、危険にさらされてしまったことでしょう」

――現に、そのような理由で暴行を受けて殺されてしまった日本人もいた、という証言があります。

桜咲は、苦々しくその史実を語った。

「……だから、みんなで姿を隠して、声を隠して、正体を秘密にしていたのですね」

「そうです」

「私の祖父は、朝鮮人も中国人も日本人も、何人だって分け隔てなく助けていた――この日野に暮らす人たちを助けていたのですね」

「そうです――」

桜咲は力強く断言して、

「千寿さんにとって、日野の人たちはみんな仲間だったのでしょう。だからこそ、デマに惑わされることもなかった。いくら『朝鮮人らが暴れている』と言われたところで、千寿さんはすぐに仲間に確認することができた。そうすることで、情報が正しいかどうかをしっかり確認できたというわけです。だからこそ、日野の関東大震災の歴史には、こう記されているのでしょう。『虐殺が起きなかった地域』と」

「……それは、日野に暮らす方々が、みんなで協力をしていたからなのですね」

すみれの震える声に、桜咲は「そうです」と断言した。

「そんな日野の方たちの協力関係を象徴しているのが、この井戸だったのですね」

「ええ。この宝の井戸です」

桜咲は、大きく頷いた。

そして桜咲は、宝の井戸を穏やかに眺めながら、

「この多摩川の砂利を『宝』と言うのなら、その宝を分け隔てなく配分しようとした千寿さんは、まさに日野の『福の神』ですね」

福の神が宿る井戸――この井戸は、周りの人々に幸せを分け与えていたと伝わっている。

じゃら、じゃらと、夜な夜な蠢《うごめ》く黒い影たち。

小さい影と、大きい影、それは本当に親子だったのだろう。ペチャクチャと話しな

がら、その日を生きるために、子供の将来のために、日本の復興の力になるために、働いていたのだろう。

この『宝の井戸』は、多くの人々の命を救ってきた——そしてこの東京や日本を復興させてきたのだ。

いったい何人《なんにん》が——何人《なにじん》が——千寿のことを福の神と称えたことだろう。

そのことを考えると、ふんわりと、萌花の胸の奥が温かくなった。

日野の『宝の井戸』には、確かに宝があって、そして、福の神が宿っていた。

そのことは、これからも後世に伝承されていくことだろう。

母から子へ伝えられた物語を胸に、嬉しそうに井戸を見つめ続ける戸松すみれによって。

補講 豊臣秀吉と羽犬伝説

1

八月一日。月曜日。

清修院大学の前期課程における補講期間が始まった。

そのトップを切るのは、『妖怪防災学・入門』だ。

以前、桜咲が言っていたように、この補講は任意参加であり、欠席しても成績評価には影響しない。そのことは、学生たちにも事前に知らされていた。

にもかかわらず、この文学部棟の大講義室は、普段通りの満員だった。

桜咲は、嬉しそうに講義室全体を見回して、萌花とも一瞬だけ目を合わせていた。

きっと全員と目を合わせようとしているのだろう。

そして講義室全体を見回し終わると、『災害伝承と風評被害』をテーマに講義を始めた。

「さて。タイトルからして、ちょっと重そうな話が始まりそうですね。『災害伝承と風評被害』……災害伝承というものが、災害という悪いことを伝え広めようとしている以上、必然的に、どうしても悪い印象を与えてしまうことになります。『過去に災害が起きた』という情報は、やはりマイナス評価になってしまいますからね」

桜咲は説明をしながら、プロジェクターを操作して、スクリーンに文字を映し出した。瞬間、学生たちから「おお」と小さな歓声が上がった。

『三つの風』――

災害伝承を研究する桜咲の代名詞であり、座右の銘でもある言葉だ。ここまで桜咲の講義を受けてきた学生たちにとっては、とても馴染み深い言葉でもあるだろう。

『風化させない』――

過去の災害の情報・歴史を埋もれさせず、忘れさせず、そしてしっかりと後世に残してゆくこと。

『風説の流布をしない』――

間違った情報や曖昧な情報、不十分な情報を披露することは、正しい知識を埋もれさせたり掻き消したりしてしまう。情報を精査した上で正しい情報を伝え残すこと。

『風評被害を出さない』――

誤った情報はもちろん、正しい情報であっても、伝え方を間違えれば当該地域にマイナス評価を与えてしまいかねない。内容は正しく、そして情報の受け取り側のことも考慮した情報提供を心掛けること。

「この『三つの風』は、『災害伝承』を学び、実践していく上で、常に心に留めておかなければならないものです。あるいは、現在のＳＮＳ社会では、ちょっとメモを公開したり、ちょっと呟いたりするときにも、心の片隅に置いておいて『大丈夫かな？』と考えてみることが良いかもしれませんね」

桜咲の指摘に、のりのいい学生が「はーい」といい返事をしていた。

そんな反応を楽しむように微笑む桜咲。

……先生は、本当に、他人に伝えるとか自分の考えを残すとか、そういうのが好きなんだろうな。

根っからの『伝承』フェチなんじゃないか、と萌花は思う。

だからこそ、その伝承が歪《ゆが》むようなことを決して許さず、こうして三つにまとめて心に留めているんだろう。

「さて。最初に私は、災害伝承というものが、どうしてもマイナス評価を与えてしまう、という発言をしておりました。これは、一見すると正しいように思えます。ですが実は、災害伝承をプラス評価として広めているところもあるのです。そこで、今年の『妖怪防災学・入門』の最終講義は、ちょっと視点を変えて、プラス評価によって風評被害を吹き飛ばすような災害伝承について、語ってみたいと思います」

「おお」と、萌花も思わず歓声を漏らしていた。

何せ萌花は、最近、重い話が続いている感じで、心身ともに疲れ気味だったのだ。

特に先日の日野市での仕事は、関東大震災におけるデマが――大勢の人の命を左右したほどのモノが――絡んでいた。そのような情報を知ることだけでも、疲労感は凄かった。

なので萌花は、久しぶりに純粋に民俗学の勉強を楽しめる気がした。

……それを用意した先生は大変だろうけど。

「この『プラス評価の災害伝承』について、恐らく世界で一番有名な代表格と言えるのが、イタリアのヴェネツィアです」

萌花は思わず、あっと声が漏れそうになった。

それは、先月の初旬に、研究室で特別講義をしてもらったものだ。佐賀がヴェネツィアに似ているとか、九州佐賀と深川佐賀とがややこしかったりとか。まだ一ヶ月も経っていないはずなのに、どこか懐かしくもある。

「ヴェネツィアの災害伝承と言えば、ご存じの方も多いかと思います。『アックア・アルタ』ですね」

桜咲の説明に合わせて、スクリーンの映像が変わる。

一見すると、まるで広大な噴水。アックア・アルタによって浸水しているサン・マルコ広場だった。

学生からは「綺麗」とか「ここ行ってみたい」という声も上がっていた。

すると桜咲は、耳ざとくその発言を利用して、

「そうなんです。ヴェネツィアのアックア・アルタは、幻想的で楽しそうで、わざわざこのタイミングを狙って行く人もいるくらいです。観光資源としてプラスの影響をもたらしているんです。……ですが、これはれっきとした災害——高潮なんですよね」

その言葉に、学生たちはスッと静かになっていた。

「あぁ、静かになってしまいましたね。そんなつもりではなかったのですが……」

桜咲は冗談めかして言いながら、

「ただ皆さんの反応は、確かに当然のことと言えます。アックア・アルタは、確かに観光資源として有用ではあるのですが、それと同時に災害としての被害も発生させています。一般市民からすれば道が水没しますし、肝心の水路も、いわゆるゴンドラで進もうとすると道に乗り上げてしまって底が破損する、という問題も出てきたりします。プラスマイナスで考えると、やはり厳しいわけです。それを『楽しむ』というのは、心情的に引け目を感じてしまう人もいるでしょう」

桜咲はプロジェクターを操作して、画像を切り替えていった。観光客が長靴にまで浸水して笑っている画像もあれば、先ほどのサン・マルコ広場でカフェの椅子が水没してしまっている画像や、ドアからの浸水を防ごうとして詰め物をしているところを写した画像などもあった。

「ただここで、もう一つ、この『プラス評価の災害伝承』に関する視点を示しておこうと思います。つまり、ヴェネツィアの街にとってのアックア・アルタは、『季節の風物詩』になっているということです。良くも悪くも、『いつも来るもの』として容認……と言うのは難しいかもしれませんが、少なくとも受忍はしているのです。ヴェネツィアで暮らすということは、『こういうもの』なのだと」

学生たちからは、感心するような「あぁ」という声が漏れ聞こえてきていた。

萌花も、これは面白い視点だと思って興味をひかれた。

「これは、私個人の価値観によるものなのですが、自然災害に対して、人間の力で『ゼロ』にする防災というのは、不可能だと思っています。たとえば、『ダムがあるから絶対に洪水は起きない』とか、『超大型台風にも耐えられる堤防があるから、川沿いの家でも安心』とか、そういうことはありえないと思っています」

その桜咲の主張に、学生の多くが頷いていた。

「逆に、今の時代、日本でも訴訟の敷居が下がっていることもあって、川が氾濫して浸水したから、国や自治体を訴える、という方もいらっしゃいます。もちろんそれは権利として認められていることではあります。ただ、それとは別として、そのような『災害ゼロ』を目指すだけでなく、たとえば『一定限度の災害被害を甘受する特区』みたいなものがあっても良いのではないか、なんて思っているんです。それこそ、一年のうちの数日間をアックア・アルタで浸水されてしまうヴェネツィアのように」

冗談めかして言う桜咲。だが、その目は真剣なもののようだった。

「かつての日本は、水害に対して、ある程度の被害を想定している街づくりがされていました。……ただそれは、今ほど防災技術が発展していなかったから、という留意が付くのですが――」

桜咲は、常に誤解を生まないように細かく補足をしながら、

「たとえば、『輪中《わじゅう》』と呼ばれる都市構造があります。これは、川の中州や河口付近の島々など水に囲まれた区画に定住するため、周囲をぐるっと堤防で囲った都市構造のことをいいます。有名な所ですと、濃尾《のうび》平野の西側を流れる木曽《きそ》三川――木曽川・長良《ながら》川・揖斐《いび》川に囲まれた地域が、かなりの広範囲で輪中だらけになっています」

桜咲がスクリーンの画像を変えた。濃尾平野の川を強調した地図が映し出された。

水に囲まれた地形――輪中が所々にあるのが解る。

「想像できるかと思いますが、この辺りは昔から浸水被害の多い地域でもあります。そこで、このような輪中に暮らす人たちは、どのような水害対策をしていたのかというと……こちらです」

画像が切り替わる。そこには、倉庫の入口や軒先の天井付近に、舟が吊るされている画像が映し出されていた。

「こちら、『揚舟《あげふね》』や『用心舟《ようじんぶね》』などと呼ばれているものです。一言で言えば、浸水

したときの移動手段を、先に用意してあるわけですね。そしてそれを逆に言うと、ある程度の浸水は覚悟している、ということでもあります。……言うは易し行うは難し、ですけれど」

確かに、家が水没する覚悟なんて、しなくていいのならしたくはない。

「特に最近は、河川についての水害対策は、全国的に積極的に進められていますので、その状況で家の水没を覚悟する、というのは、なかなか想定しづらいことでもあります。現に、河川の防災対策が進んだことで、水害の規模や頻度が低下したため、わざわざ揚舟などを常備しておいても防災としての効果が無い、という状況にもなっています。ただ、ここにも新たな問題が生まれているのです」

桜咲は、間を作るように息を整えて、

「ダムや堤防などによって河川の治水が進むことで、災害が減ってゆくことはもちろん良いことなのですが、滅多なことで水害が起きなくなったがために、過去の溢水・浸水被害を知らない人が増えてしまうことにもなります。これにより、対応策の情報伝達や危機感の継承に支障が出てしまう、ということも懸念されているのです。つまり、災害伝承の『風化』リスクの増大です」

ここでスクリーンには、『三つの風』が映し出された。

「あ、これはもちろん、頻繁に災害が起きてほしいという話ではないですからね」

桜咲が慌てたように付け加えた。

学生たちが笑いを漏らして、「解ってますよー」と声を掛けていた。

桜咲は安堵したように笑みを漏らしてから、一つ頷いて、

「こういうときにこそ、私の専門である『災害伝承学』が力を発揮します。過去の災害の情報をしっかり研究し、保存し、将来に伝えていく。そうすることで、いつかだれもが忘れた頃に――大きな世代変更が起きた後に――しっかりとした防災手段を講じることができるように、今の私たちができることをやっていきましょう」

桜咲の言葉に、萌花は思わず「はいっ」と声を上げていた。

でも、その声は桜咲までは届かなかったかもしれない。

この講義室全体で発せられた声は、それ以上に大きなものだったのだから。

「それでは――」

と、桜咲が声を発する。

「『伝承』を学ぶ者として、皆さんに、この『災害伝承と風評被害』の中で、一つの重要な事実をお伝えします」

そんな桜咲の言葉は、講義の終わりを予感させるものだった。

学生たちは、いっそう集中するように姿勢を正し、桜咲の言葉に耳を傾ける。

「関東大震災の発生後、甚大な被害だけでなく、風説の流布や戒厳令などで情報の混乱が起きていた中、政府は、ある情報を積極的に発信しようとしていました——」

桜咲は、敢えて勿体《もったい》ぶるように間を置いて、

「それは、美談です」

講義室全体を見回しながら伝えた。

「当時の政府は、寄付や救助活動、被災者の受け入れなど、災害時における善行・美談についての情報を募集し、公表していました。そしてそうすることで、他の人の善行も促そうとしていた。デマによる悪意の連鎖が起きている裏で、政府は善意の連鎖を生み出そうとしていたのです」

そんな話があったなんて、萌花はまったく知らなかった。震災についての話といえば、やはりその被害の大きさと、悪質なデマの数々ばかりが気になってしまっていた。

「震災時の話としては、どうしても、いわゆる『戒厳令』が取り上げられがちです。この美談についても、政府による情報統制の一環として『政府の悪事を隠すために美談を利用した』などと言われることもあるのですが……」

桜咲は、苦々しい表情で溜息を混じらせながら、

「しかも、災害時、誰もが苦しい中で他人のための善行を実践するというのは、まさに言うは易し、行うは難しの典型例のような話です。ですが、そのように重要な役割

を果たす災害時の善行として、私は是非、みなさんに広めたいと思っている実話があるのです——」

そう言って紹介したのは、東日本大震災のときの、俳優・杉良太郎《すぎりようたろう》氏の言動についてだった。

「杉氏らは、独自のボランティア活動として、被災者に向けて炊き出しを続けていました。すると一人の記者が、俳優である杉氏に対して、こう尋ねたそうです。『これはやっぱり売名行為ですか?』と——」

その、あまりに不快すぎる内容に、「うわぁ……」と引くような学生の声がいくつも重なっていた。

「それに対して杉氏は、こう答えたそうです。『もちろん売名だよ。あなたも売名でいいからやりなさい』と」

今度は学生の中から称賛や憧憬の感情を込めた「うわぁ……」の声が重なっていた。

その反応を見て、桜咲は頷いた。

そして、見てわかるほど丁寧に、息を整えていた。その雰囲気を察して、学生たちは改めて居住まいを正す。

「災害を伝えるという『災害伝承』は、何も、災害のマイナスの側面だけを伝えて残していくことではありません。災害をどのように乗り越えたのか、どのような援助や協力が役立ったのかという情報の重要性も、注目を集めています。何より、今回の講義で述べたような、積極的な善行をしていくこと――善行の連鎖を巻き起こすというプラスの災害伝承も、とても重要です――」

桜咲は、そこで一息吐いてから、

「被害やデマというマイナスの側面だけではない、善行・美談というプラスの側面だけでもない、被害の情報と復興の情報と、どちらも合わせて伝えてゆくこと、それこそが、未来のための災害伝承となるのです」

その言葉をもって桜咲の話が終わり、マイクがそっと置かれた。

自然と沸き起こった拍手の中、桜咲准教授が、綺麗な一礼をしてきた。

学生たちも、礼を返していた。

『妖怪防災学・入門』の講義は、これですべて終わった。

2

『妖怪防災学・入門』の補講が、終わった。

全一五コマ、入学からたった四ヶ月で、終わってしまった。

一年生の萌花にとっては、入学以降の不安やプレッシャー、新しい環境に慣れるまでの戸惑い、そして入学直後から始まった数奇な日常もあって、毎日が慌ただしく過ぎていって余計に短く感じられた。

萌花にとっては、これが前期の最後を締めくくる講義でもあった。

萌花が次にこのキャンパスに来るのは……

……いつだったっけ？

そこまで調べている余裕は、最近の萌花にはなかったのだ。

それに、きっと大学のスケジュールなんて関係なく、萌花は夏季休暇中もこのキャンパスに来ることになるのだ。

不動産鑑定士のサポートとして。自主学習として。あるいは、また桜咲のサポートをできるときがあるかもしれない。

先ほどまで講義をしていた桜咲が、教壇を降りた、と同時に、

「あ、大事なことを言い忘れていました――」

ふいにみんなを呼び止めるような感じで言った。

「後期には、この講義よりも少し範囲を広げて深める『災害伝承学・入門』がありますので、興味のある方は後期でもまたお会いしましょう。もちろん、後期の講義に出ない方も、道端で出会ったときには気軽に挨拶をしてくださいね。場合によっては、その出会った場所の地名や災害伝承について講義をし始めるかもしれませんが」

桜咲の宣伝みたいな言動に、講義室全体から笑いが漏れて、「はーい」と素直に返事をしたり「むしろ近所に来てください」とお願いする学生もいた。

萌花は、いうまでもなく絶対に後期の講義も受講するつもりだ。

不動産鑑定士を目指す者として、災害伝承を学ぶことは、不動産の災害リスクを検討する上で役に立つ。

それに、もし不動産鑑定士以外の道を選んだとしても、災害伝承を学んで災害リスクを知っておくことは重要だ。

自分の住む家が隠れた災害リスクを含んでいた、なんていう話になったら、数千万円という桁で大損をすることになってしまうかもしれないのだから。

桜咲が講義室を後にしてからも、この講義室には数グループが残って、思い思いに自由な時間を過ごしていた。

萌花も、その一人。いつもの後方の席に座ったまま、いつもは見られないような景色を見つめている。

この講義室は、次の時間は使われない。萌花も次の時間は空いている。しばらくここで涼んでから動き出すつもりだった。

萌花以外にも残っている学生は居るので、悪目立ちすることもないはずだ。

正直に言えば、今の萌花には、帰るのが名残惜しいという後ろ向きな気持ちがある。それは否定できない。けれどそれよりも、こうして桜咲の講義をすべて終えた直後に、改めて復習をして、何か知識の抜けや疑問があったら桜咲に聞きに行くつもりだった。

萌花はさっそく、桜咲の講義で使ったレジュメとノートを机の上に広げていった。

記念すべき、第一回——

ここ聖蹟桜ヶ丘の地名の由来や、童話『桃太郎』に関する面白い説など、初回の掴みとしてとても興味深い講義だった。

と言っても、あのときの自分は、そこまで講義に集中していなかった気もする。そもそも、桜咲に近付かないといけない目的があったのだから。

それが、ひょんなことから講義中に大声を上げてしまって、そのせいで凄い熱意を持って講義に挑んでいる『熱心な人』という呼び方までされるようになってしまった。

ただ、不幸中の幸いで、桜咲からは顔を覚えてもらえたわけだけど。

また、この第一回講義の後、萌花は桜咲の研究室へ直接乗り込んでいったのだ。そしてそこで、椎名に会って、不動産鑑定士という職業を知ることになって、そして、民俗学の知識を活かすことのできる、学者以外の職業を知ったのだ。

……講義内容よりも、それ以外の出来事の方がインパクト大きいなぁ。

萌花は思わず苦笑する。もちろん講義内容はしっかり理解しているつもりだ。だけど、それにも増して、桜咲や椎名との付き合いは影響力が大きかったのだと痛感する。民俗学・災害伝承の知識は他の方法でも手に入れられるけれど、桜咲姉弟と一緒に過ごした経験は、どうやっても他の方法では手に入らないものばかりなのだ。

そういう意味では、『公害伝承』を語った第三回の講義は、萌花たちのその後の関係を決定付けたものだった。

災害伝承の一つとして、人為的な公害についての伝え方を語った桜咲。そこでは、桜咲の地元である所沢で起きた事件が語られるとともに、桜咲の代名詞にもなっている両面宿儺の謎についてもいっそう深く探究するきっかけになった。

そしてこの頃、椎名の事務所でアルバイトをしないか、という話が出てきていた。

このことは、意識的にも無意識的にも、萌花の民俗学に対する向き合い方を変えた気がする。

それまでは、良くも悪くも机上の空論のような状態で、妖怪の正体とか神話の真相などを考えて、楽しんでいた――いわば『理論編』の物語だ。

それが、不動産鑑定士事務所でのアルバイトの話が出てきたことで、もっと現実的な側面を見るようになって、その妖怪や神話がどのように実社会にまで影響を与えてくるのかを考えるようになっていた――『実践編』の物語が始まろうとしていたのだ。

こうしてノートを見比べていると、ノートの取り方も変わっていた。解釈を見て楽しむだけじゃなくて、その解釈が現実の災害や事件にどう関係しているのかを意識するようになっていた。

そして、五月から正式に、椎名の事務所でアルバイトを始めた。改めて、仕事として民俗学・災害伝承に向き合うことになったのだ。

そんな変化を遂げていた六月末から七月頭にかけて、萌花は京都に行った。

椎名の仕事のサポートとしてではあったけれど、その旅先でも、桜咲の協力を得て、災害伝承の残る京都の物件を調査していったのだ。

天使突抜《てんしつきぬけ》という変わった地名の区画で起きた、神隠しならぬ『神戻し』の謎――京都郊外の限界ニュータウンを舞台にした、ソーラーパネル建設計画と、計画に伴う天満宮の社の存廃――

そして、京都の街全体に緻密に張り巡らされていた、防災都市としての理念の具現化――実践。

京都の伝統や神話にも、災害伝承の意味が込められていた。それは、桜咲のよく使う言葉を借りれば「諸説ある」中の一つなのかも知れないけれど、少なくとも萌花は――京都の街をこの目で見てきた者としては――桜咲の説は間違いなく防災に役立つ知識を与えてくれていると感じられた。

神社がなぜこの場所に建てられているのか。

糺《ただす》の森という鎮守の森は、何を守っているのか。

京都に行ったときにそのような話を聞いてからは、地元の東久留米に戻ってきてからも、つい気にして周りの地形などを見回すようになっていた。

市内にいくつかある氷川神社は文字通りの立地だったし、隣のひばりヶ丘という『丘』に行く途中にある浅間《せんげん》神社も、まさに富士山を祀っているという感じの立地になっていた。

京都で怪異を調べたときに得た知識は、京都だけでなく全国的にも役立てることができるのだ。おかげで、すごくステップアップができたと思う。

……まぁ、それ以外に、単に民俗学の蘊蓄《うんちく》を知るのも楽しかったんだけど。

その中でも印象的だったのは、下鴨《しもがも》神社や上賀茂《かみがも》神社などに鎮座している、『狛《こま》犬《いぬ》』と『獅子』の話だ。

萌花は、「狛犬の起源はエジプトのスフィンクスだ」という話を聞いたことがあった。スフィンクス……つまり獅子だと。

イヌと呼ばれていながらネコ科の獅子が起源になっている、というあべこべな感じが面白くて、記憶にあったのだ。

だから萌花は、てっきり、日本の神社にいる狛犬はすべて獅子と同じものなのだと思い込んでいた。

だけど実際は、日本の神社には、狛犬もいれば獅子もいる。狛犬だけの神社もあれば、獅子だけに見える神社もある。それどころかウサギやイノシシまでいる。様々な動物が入り交じっているのだ。

ただ、その中でも、『狛犬』と称しておきながら実は『獅子』だった、という話は特に興味深かった。

中国の『獅子像』が仏教とともに日本に伝来したとき、日本にはライオンはおろかトラもいなかったため、これを身近な動物だったイヌに結び付けて、中国・朝鮮から来た『高麗《こま》のイヌ』――『狛犬』となったという……。

……諸説あるけれど。

もっとも、獅子と狛犬はネコ科からイヌ科に変化はしているけれど、それは見方を変えると、地域によって「人間に最も身近な動物」が人間を守護している、ということになる。

そう考えると、本質は変わっていないのだと思う。

ふと――

そのとき、萌花の脳裏で、何かが摑めそうだった。

萌花は自分の頭の中を掻き回すかのように、今の閃きと関連がありそうな記憶を探っていこうとする。

『狛犬』……『獅子』……イヌとネコ……。

そこで浮かんできたイメージがあった。萌花は何とかして思い出そうとする。

これは、いつか見た写真だ。

羽の生えた、イヌ？　そんなものの写真を見た覚えはないけれど。

そういえば……と萌花は思い出した。

羽犬塚の名前の由来になったと言われる羽犬の伝説について、解っていないことがあったのだ。

それは、豊臣秀吉が登場する、二種類の伝説について。

羽犬は善なのか悪なのか——秀吉の味方なのか敵なのか。あの矛盾する二つの伝承が、どうして併存したまま今まで伝わってきてしまっているのか。

先日は、羽犬塚という地名は、妖怪ではなく地形に由来している、と桜咲に説明されたことで納得していた。稲作が可能な土地の端っこという意味の『端稲塚』が訛って羽犬塚になったのだと。実際、羽犬塚の周辺の地図や、過去の地形の話を聞けば、あの由来は否定できないようにも思う。

だけど、地形由来の地名だとすると、秀吉の伝説については完全に作り話だと解釈することになる。それは、やっぱり、萌花は納得できないのだ。

……諸説あります。

あのときも、桜咲はその決め台詞を言っていた。他の解釈の可能性があることは否定できない。

それこそ、『羽犬』と呼ばれている妖怪が、実は『羽猫』だった、とか。

まるで、『狛犬』と『獅子』とが混在してしまっているみたいに……。

そのとき、萌花の脳裏に、先ほど見たばかりの光景が浮かんできた。水没する観光地・ヴェネツィアの広場。そこに掲げられている像が……。

「あぁっ⁉」

萌花の頭の中ですべてが繋がった瞬間、叫んでいた。

……そう考えれば、羽犬の正体も、二つの相反する伝説が残されていたことにも説明が付く！

ふと、講義室に残っていた面々が一斉に振り向いてきて、何事かと萌花を見やっていた。だけど萌花の顔を見た瞬間、「あぁいつもの熱心な人か」と、何事もなかったかのようにそれぞれの話に戻っていた。もはや日常になってしまっていたようだ。

そんなことより、と萌花は頭を切り替える。机の上に広げていたノートやレジュメを急いでバッグに詰め込んで、早足で講義室を後にする。

「後期の講義もよろしくねー」

と声を掛けられたので、萌花は咄嗟に返事をしていた。

「まかせて！」

文学部棟三階にある、桜咲研究室。

萌花はノックをするや、返事も待たずに開けていた。

「桜咲先生、お話があります」

いつものように最低限の備品しかない研究室。その中央に置かれたソファに、桜咲は座っていた。

呆れたような苦笑を浮かべている。

「やっぱり姉さんに似てきたな。……いや、思い返すと、最初から片鱗《へんりん》はあったか」

そんな呟きが聞こえてきた気もしたけれど、今の萌花にとってはそれよりも大事なことがある。

萌花は研究室の入り口に立ったまま、用件を伝えた。

「先生。『羽犬』の正体が解りました――」

桜咲の表情が一変して、鋭く変わった。

萌花は息を整えて、伝える。

「羽犬の正体は、『有翼の獅子』だったんじゃないでしょうか」

一瞬の静寂。

その一瞬で、桜咲はこちらが言わんとしていることを察したようだった。

「なるほど。そう考えれば、矛盾しているような秀吉の伝説も矛盾なく説明ができるわけか――」

桜咲は独り言のように呟きながら、心底楽しそうに微笑んで、

「さて梅沢さん。貴方《あなた》はもちろん、『有翼の獅子』が何を象徴しているのかを知った上で、この話をしに来たわけですよね」

「もちろんですよ――」

萌花も思わず楽しくなって、声が弾む。

「有翼の獅子は、何の象徴なのか。それを考慮した上で導き出される結論は――」

掠《かす》れそうになる声を抑えるように、はっきりと、

「羽犬塚は、潜伏キリシタンの里である」

萌花はそう断言した。

「面白い――」

桜咲はいっそう笑みを深くして、

「それでは、災害伝承講義の特別集中講義を始めていただけますか、梅沢先生」

冗談めかした桜咲の言葉に苦笑しながら、萌花は大きく頷いて、話し始めた。

「そもそもの発端として、前に先生が説明されていた中で、ずっと気になっていたこ

とがあったんです。もし、羽犬塚が『端の稲塚』という地形に由来する地名だとしたら、羽犬塚に伝わっている豊臣秀吉に関する伝説はどうなるのか」

　豊臣秀吉が九州征伐をした際、秀吉のペットであった羽犬が死んだ——あるいは——秀吉の行く手を阻んだ羽犬が討伐された。秀吉の味方なのか、敵なのか、その矛盾している伝説の存在が引っ掛かっていた。

「確かにあの伝説の内容は、地形とは関係がありませんね。単純に名前から連想した作り話なのか、あるいは、太閤秀吉が羽犬塚に寄ってくれたという事実を示しているのか」

「そういう可能性はありますけど、それでは『矛盾する伝説が併存している』ということの説明にはなりません」

「つまり、あの伝説は、どちらが本当か判らないまま結果として二つ残ってしまったのではなく、何らかの理由があって、敢えて二つとも残されているのだ、と考えたわけですね」

　萌花は頷いて、

「なので、この相反する伝説も含めて、合理的に説明できる解釈があるんじゃないかと考えました」

「それが、羽犬は有翼の獅子だ、という解釈なのですね?」

萌花は大きく頷いて、

「犬と言うけど、実は獅子である。この発想の転換を思い付いたきっかけは、京都のときも話していた、神社を守る狛犬の話です。狛犬とは言いながら、起源とされているのは獅子像やスフィンクスですし、そもそも獅子像のことまで狛犬と呼んでいる所もあります。ということは、この羽犬も、実はイヌじゃない可能性があるんじゃないか、と思ったんです。それこそ狛犬と同じように、羽の生えた獅子なんじゃないかと」

「そこの閃きですね……」桜咲は感嘆したように呟いて、「そこが繋がれば、あとは周囲の事実が繋がっていきます」

「羽の生えた獅子——『有翼の獅子』——それはつまり、ヴェネツィアの守護獣であり、そして聖マルコを象徴する存在です。それを言い換えれば——キリスト教徒です」

萌花は早口になりながら、自分の思考の流れを説明した。

「キリスト教徒——日本史の用語に倣って、キリシタン。それが、羽犬塚という名前に隠されていたと言うんですね？」

「はい。そう考えれば、羽犬塚に伝わる二つの伝説についても、説明が付きますから」

するとと桜咲は、どこか不敵な笑みを見せて、

「羽犬は、秀吉の味方なのか、それとも敵なのか。この矛盾する二つの伝承についての梅沢さんの答えは？」

まるで萌花を引っ掛けようとしているかのような質問の仕方だった。

「答えは、敵でもあり、味方でもあった、です」

「それは、矛盾していませんか？」

「いいえ」萌花は即答する。「そもそもこれは、同時併存の矛盾があるわけではなくて、単純に、時系列による変化があっただけだと考えます。敵だったときと味方だったとき、どちらもあったというだけの話です――」

それは、日本史において非常に有名な話だ。

細かい事件を覚えている人は少ないかもしれないけれど、少なくとも、日本の義務教育を受けていれば一度は聞いたことがある話。

「秀吉は、まさに九州征伐をしていたそのときに、キリシタンに対する大きな制度転換をしました。それまで容認をしていたキリスト教に対して、この九州征伐を機に一転して、弾圧を図る『バテレン追放令』を発しています。つまり、『羽犬』の象徴するキリシタンが、秀吉にとって味方から敵に変わってしまった、ということです」

「一五八七年旧暦六月、九州討伐を終えて島津《しまづ》家を服従させ、現在の福岡市箱崎《はこざき》に滞在していたときに発令されたものですね――」

桜咲がすかさず補足説明をしてくれた。

「秀吉は、九州を凱旋《がいせん》中、長崎の港に立ち寄ったのですが、そこで港がキリスト教の教会に寄付されてしまっている現状を目の当たりにしました。いわば国土が勝手に譲渡され、削られてしまっていたわけです。さらに、日本人が奴隷として海外に売却されている現状も目の当たりにした。そこで、海外貿易と併せて宣教師の布教を弾圧した。この時点では、あくまでバテレンと呼ばれる宣教師の一部を追放する、というかたちだったのですが、これが後の信徒弾圧に繋がったことは否定できません——」

細かいところを次々と補足してくれる桜咲。

「ここで、秀吉自身が九州入りしたのは、一五八七年の旧暦三月半ばでしたから、そこからバテレン追放令の発令までは、ほんの三ヶ月弱しかありませんでした」

それは、萌花の思っていた以上に短い期間だった。

「キリシタンにとっては、自分たちを容認してくれる秀吉が九州に来たと思ったら、その三ヶ月後には弾圧を始められたわけですね……」

そんなことをされたら、市民は堪ったものではない。これまで合法だったものが急に違法扱いにされて、犯罪者として弾圧されてしまうのだから。

「そのキリシタンに対する政策の急転換が、矛盾するような二つの伝説を併存させた」

「そうです。しかも獅子ではなく犬の伝説として、残されたんです」

「獅子のままではいけなかった、ということですね。何せ有翼の獅子は、キリスト教の聖人のシンボルですから。それを崇《あが》めているとなれば弾圧されてしまう、と」

「はい。そうしていくことで、キリスト教の教えが日本の文化に『潜伏』したんだと思います——潜伏キリシタンとして」

萌花の解釈としては、そう理解している。

その一方で、物証は無い。なので、続けて状況証拠になりそうな事実を挙げていく。

「羽犬塚の隣の久留米市——かつての久留米藩では、キリシタンを手厚く保護していた時期もありました。本来は多くのキリシタンが暮らしていたのです。また、さらに隣の大刀洗《たちあらい》は、江戸時代の弾圧の歴史を乗り越えて、開国後にキリシタンが名乗り出たという『守教』の地として知られています」

「現在の、カトリック今村《いまむら》教会ですね。久留米と秋月を結ぶ街道筋の集落でありながら、根絶されずに信仰が残っていた『奇跡の村』と称されることもあります」

桜咲の補足説明を受けて、萌花は自信を付けて言った。

「その久留米と街道で結ばれている羽犬塚にも、潜伏キリシタンが隠れていたという可能性はかなり高いと思います」

すると桜咲も納得したように大きく頷き、かと思ったら不敵な笑みを浮かべながら、

「ただ、一つだけ——」

と、萌花に質問を投げかけてきた。

「もし、秀吉の羽犬伝説が隠れキリシタンのことを示しているとしても、この『ハイ

ヌヅカ』と呼ばれる地名は、秀吉が九州征伐をする以前から存在していた地名です。それは、史料によって確認できます」

「あっ……」

萌花は、自分の説の穴に気付かされた。

「ということは、先に『ハイヌ』という地名が存在していた以上、『潜伏キリシタンが隠れているから羽犬塚と呼ばれるようになった』と主張するのは、時系列を無視していることになりますね？」

桜咲の視線が萌花を刺してくる。

「……それは、はい」

桜咲の指摘は、萌花の主張の穴を的確に突いてきていた。

羽犬塚は、地形から名付けられた地名である、とする桜咲の解釈に対して、萌花は否定できていないし、むしろ敢えて無視してきたようなところもある。

羽犬と呼ばれる妖怪の正体を説明する解釈としては、自分の解釈にも自信があった。だけどそんな萌花の解釈は、肝心の羽犬塚の歴史とは矛盾していた、ということか。

萌花は、答えられなかった。

するとと桜咲は、視線の力を緩めながら、

「では、私が補足しますね」

「……え？」

想定外の言葉に、声が裏返っていた。

桜咲は、どこかいたずらっぽく微笑みながら、自分自身の指摘に答えていく。

「私の言うように、羽犬塚という地名は、秀吉が九州征伐をする前から存在していました。なので、秀吉による九州征伐がきっかけで羽犬塚という地名になった、ということにはなりません」

「はい。確かに」

「ですが、このように考えることもできるのです。羽犬塚という地名には『羽の生えた犬』がいるのだから、こっそり『羽の生えた獅子』を混ぜてもバレないだろう。だからこそ、弾圧から逃げる先として羽犬塚を選んだ、と」

「あっ」その説明を受けて、萌花も理解した。「別に、潜伏キリシタンが地名を名付ける必要はないんですね。むしろ、潜伏キリシタンに都合の良い地名や伝承を探して、そこを選んで逃げ込むことができる！」

思わず興奮で声が大きくなっていた。

「そうですね。その潜伏先で『羽犬』という妖怪伝承を宣伝していくことによって、もし自分たちの『有翼の獅子』が発見されてしまっても、『これは、この地に伝わる妖怪の羽犬です』と誤魔化すことができるようにもなるわけです」

その発想の転換には、萌花は気付けていなかった。

隠れやすい所を探して隠れる。隠れやすいように偽装する……そのことは、潜伏する側にとってみれば当然考えていたはずだ。

「それじゃあ、潜伏キリシタンの人たちは、全国的に『羽の生えた妖怪』を探していたり、あるいは自分たちでそういう妖怪伝承を創り出したりしていた、ということもあるんですか？ そこに紛れ込んで……それこそ『隠れる』ために」

「事実、そう思われるような話もありますよ――」

桜咲はそう言いながら、タブレットを素早く操作して、萌花に写真を見せてきた。

そこに映されていたのは、岩の壁に半立体に彫られている、人型の像。それを一目見た瞬間、「あっ」と萌花は声を漏らしていた。

人型ではあるけど、ヒトとは違う特徴的な部分があった。それは、像の両肩から生えている、羽。

「これは、大分県竹田《たけた》市にある『上坂田《かみさかた》磨《ま》崖仏《がいぶつ》』と呼ばれている、文字通りに崖を削って造られた像です。羽が、生えていますね」

「……ぁ、はい」

一瞬、息を呑《の》んで声が出なかった。

「竹田市には、それ以外にも、『鳥の形をした山の神』と称される、不思議な形をした石像があります。一つ目で、細長い頭部や胴体をしているのですが、その胴体の両脇には、鳥の羽が形作られています――」

そう説明をしながら、桜咲はタブレットの画像を切り替えた。

そこには、とても形容しがたい形をした、一つ目の石像が映し出されていた。確かに、その腕の部分はヒトのものではなく、鳥の羽になっていた。

「異様な、鳥の羽を生やしたモノ。当然ながら、これらの像がすべて潜伏キリシタンのものであったわけではないでしょう。ですが、潜伏キリシタンが『有翼の獅子』や『天使』に対する信仰を隠すには、非常にうってつけだったわけです――」

するとと桜咲は、おかしそうに笑みを浮かべて、

「それこそ、『磨崖仏』という言葉にも、意味があったのかもしれませんね。文字通りに『紛いモノの仏』であるとか『別の信仰が紛れた仏』だとか。……『まがい仏』だけに」

「……あの、こんなときに、民俗学ダジャレですか」

萌花は、溜息混じりに声を絞り出した。

「確かに、ダジャレです――」

桜咲は苦笑しながら、だけど視線は真剣に、

「ですが、そのような言葉の一つ一つにも漏れなく意味を込めようとするのが、日本

人なのでしょう。あるいは日本語を使うすべての人が、様々な想いを込めて、この言語を使っているのです」

「それは……」

「実際に、この磨崖仏を崇めていたであろうキリシタンは、常にこう考えることができるのです。『これは仏ではない。紛いモノだ』『キリシタンの信仰が紛れ込んでいる像なのだ』『だから、キリシタンである私が祈りを捧げても問題ない』と」

「あ……」

それは、決して、ダジャレのような言葉遊びではない。

己の心を守るために必要な、願いのかたちだ。

「潜伏キリシタンは、その信仰を隠しながら、後世に伝え、残してきました。いわば、解る人にだけ解るメッセージをちりばめているのだと思います。ここに潜伏キリシタンがいるぞと、秘密にしていなければならない、だけど伝えなければならない、そんなジレンマに囚《とら》われながら、懸命に残してきたのです――」

それは、『災害伝承』とも異なる――だけど同じくらい重要な――『伝承』のかたち。

「――遠いどこかの地方で、『羽の生えた妖怪』が信仰されている……それはもしかしたら自分たちと同じキリシタンの信仰かもしれない。そう思えたら、それは凄い希望になるのではないでしょうか」

萌花は大きく頷いて、

「はい、ここに仲間が居るぞって教えてもらえたんですから」

こんなことをしているのは自分だけかもしれない……というような不安を打ち消してもらえるのだ。それほど心強いことはない。

久留米、大刀洗、竹田、そして羽犬塚……。

それぞれが、それぞれの方法で、キリシタンとしての信仰を潜伏させてきたのだ。

この解釈は、それこそ「諸説ある」内の一つでしかないだろうけど、萌花は、この解釈を後世に伝えていきたいと思った。

後世に伝え残すということは、こんなにも難しいのだと。

それでも、これからも伝え残していきたいことがあるのだ、と。

「先生。こういうのって、論文にまとめて公表した方がいいんでしょうか？」

逸《はや》る気持ちを抑えきれずに萌花が聞くと、桜咲は即答をしてきた。

「いいえ。これはもう少し調査が必要ですから――」

タブレットの電源を落としながら、ふといたずらっぽく微笑んでいた。

「もう少しだけ、私たちだけで隠しておきましょう」

この物語はフィクションです。作中に同一の名称があった場合でも、
実在する人物、団体等とは一切関係ありません。

【参考文献】

『水都ヴェネツィア――その持続的発展の歴史』（法政大学出版局）陣内秀信
『江東区の歴史』（名著出版）高梨輝憲・文　東京にふる里をつくる会編
『みる・よむ・あるく　東京の歴史5　地帯編2　中央区・台東区・墨田区・江東区』（吉川弘文館）池享・櫻井良樹・陣内秀信・西木浩一・吉田伸之編
『河童の日本史』（日本エディタースクール出版部）中村禎里
『河童とはなにか【歴博フォーラム　民俗展示の新構築】』（岩田書院）国立歴史民俗博物館＋常光徹編
『日本疫病図説　絵に込められた病魔退散の祈り』（笠間書院）畑中章宏
『井戸　ものと人間の文化史１５０』（法政大学出版局）秋田裕毅著・大橋信弥編
『江戸の風評被害』（筑摩選書）鈴木浩三
『関東大震災と戒厳令』（吉川弘文館）松尾章一
『関東大震災朝鮮人虐殺の記録――東京地区別１１００の証言』（現代書館）西崎雅夫
『水の文化』（ミツカン水の文化センター）

※その他、新聞、論文、インターネット上の記事等を参考にさせていただきました。

宝島社
文庫

大江戸妖怪の七不思議　桜咲准教授の災害伝承講義
（おおえどようかいのななふしぎ　さくらざきじゅんきょうじゅのさいがいでんしょうこうぎ）

2023年11月21日　第1刷発行

著　者　久真瀬敏也
発行人　蓮見清一
発行所　株式会社 宝島社
〒102-8388　東京都千代田区一番町25番地
電話：営業 03(3234)4621／編集 03(3239)0599
https://tkj.jp
印刷・製本　中央精版印刷株式会社

本書の無断転載、複製を禁じます。
乱丁・落丁本はお取り替えいたします。
©Toshiya Kumase 2023
Printed in Japan
ISBN 978-4-299-04846-2

『このミステリーがすごい!』大賞 シリーズ

宝島社文庫

両面《りょうめん》宿儺《すくな》の謎
桜咲准教授の災害伝承講義

久真瀬敏也

洪水・津波・疫病など、過去の災害の伝承を研究する桜咲竜司准教授。彼は、「新地名に隠された危険な旧地名」や「伝承や神話に登場する怪物の正体」に関する講義が人気を集める異色の民俗学者である。「桃太郎」「河童」「両面宿儺」の謎……彼の研究に隠された悲しい真実とは。

定価 750円（税込）

※「このミステリーがすごい!」大賞は、宝島社の主催する文学賞です（登録第4300532号）

『このミステリーがすごい！』大賞 シリーズ

宝島社文庫

京都怪異物件の謎
桜咲准教授の災害伝承講義

久真瀬敏也

地名や伝承から、その土地の過去の事件や未来に起こりうる災害を推測する「災害伝承」研究の第一人者・桜咲竜司。行方不明者が帰ってくる〝神戻し〟の伝承が残る産婦人科医院。過疎化したニュータウンに残された、怨霊を祀る天満宮。その地に伝わる怪異の正体を、桜咲が解き明かす！

定価 790円（税込）

『このミステリーがすごい!』大賞 シリーズ

宝島社文庫

怪物の木こり

《第17回 大賞》

倉井《くらい》眉介《まゆすけ》

邪魔者を躊躇なく殺すサイコパスの辣腕弁護士・二宮彰。ある日、「怪物マスク」を被った男に襲撃され、九死に一生を得た二宮は、男を捜し出し復讐することを誓う。同じころ、連続猟奇殺人事件が世間を騒がせていた。すべての発端は、26年前に起きた「静岡児童連続誘拐殺人事件」に——。

定価 748円（税込）

『このミステリーがすごい！』大賞 シリーズ

宝島社文庫

赤ずきんの殺人 刑事・黒宮薫の捜査ファイル

井上《いのうえ》ねこ

裂かれた腹に石を詰められ、特殊詐欺グループの男が殺された。死体のそばにはグリム童話の一ページ。男は『赤ずきん』の狼に見立てて殺されたのだ。『白雪姫』『青髭』『ヘンゼルとグレーテル』、悪役を想起させる殺人が次々と起こり――。戦慄のサスペンス・ミステリー！

定価 790円（税込）

『このミステリーがすごい!』大賞 シリーズ

宝島社文庫

「舌」は口ほどにものを言う
漢方薬局てんぐさ堂の事件簿

塔山《とうやま》 郁《かおる》

新宿で50年以上続く「漢方薬局てんぐさ堂」には、様々な患者がやってくる。味覚をなくしたグルメリポーター、木の実が恐い元教師、毒草を探す会社員……。薬剤師試験に3回落ちたてんぐさ堂の新米店主と漢方医学のプロが、様々な謎に挑む！ 漢方の豆知識もわかる養生ミステリー。

定価 820円（税込）